KB266206

# 스프링벅

Spr ing buck

# 스프링벅

Spr
ing
buck

배유안 장편소설

창비

# 제1막 제1장

네 층을, 아니 지하 휴게실에서 시작했으니 다섯 층이다. 계단을 두 개씩 뛰어올라 4층에 닿으니 숨이 목까지 찼다. 연극부 '제1막 제1장'의 연습실은 4층 복도 끄트머리에 있다. 나는 손목을 들어 팔 분이 늦은 걸 확인하며 반쯤 열려 있는 문을 팍 밀고 뛰어들었다. 어이쿠, 문소리가 너무 컸나? 여기저기 책상에 걸터앉아 떠들고 있던 아이들이 한꺼번에 돌아보았다.

"이동준, 등장이 요란하다?"

나는 승우 말에는 아랑곳 않고 재빨리 아이들 사이를 훑었다.

'아직 안 왔어, 휴.'

가쁜 숨을 고르며 마음을 놓았다. 연출을 맡은 장익현 선배가 오지 않은 것이다. 대학 졸업반인 장 선배는 연습 시간에 자기보다 늦는 걸 극도로 싫어한다. 그래서 우리의 집합 시간은 '토요일 2시' 외에 덤으로 '장 선배 오기 전'이 하나 더 붙어 있다. 오 분 전에 도착해도 장 선배가 먼저 와 있으면 미리 와서 준비하지 않는다고 퉁을 먹기 일쑤다. 빠지는 건 두말할 것도 없다. 그러나 자신의 지각에는 완전 너그럽다. 취업 준비로 바쁜 몸이 후배를 위해서 어렵게 와주는 것이라는 게 장 선배의 당당한 변이다. 하지만 장 선배가 취업 준비보다 연극 동아리에 더 빠져 있다는 건 모두가 아는 사실이다.

"저 얼굴 퍼지는 것 봐. 장 선배 없다 이거지?"

장소리의 소프라노 음성이 울렸다.

"창제 어머니가 오셨어."

나는 늦은 걸 변명할 겸 숨도 덜 고른 채 말했다. 바로 반응이 왔다. 나무젓가락을 입에 물고 아, 오 하며 발음 연습을 하고 있던 1학년 몇몇도 입매를 풀고 내 쪽으로 시선을 고정시켰다.

"뭐래?"

"뭐, 그냥, 갈 만한 데 모르느냐고, 창제한테서 연락 오면 잘 설득해달래."

"자식, 대강 하고 들어가지 뭘 그리 오래 끌어?"

승우가 침통함을 감추지 못하고 말했다. 연극부장이라 그런지 부원의 사적인 일에도 영 심란해하는 것이다. 하긴 사적이라고만 할 수도 없다. 비중 있는 역할을 맡고 있는 창제의 가출 건이 연습 분위기에 영향을 미치지 않는 건 아니니까.

"창제 어머니 얼굴 많이 상했더라. 눈물이 글썽해가지고……."

나는 창제 어머니의 해쓱한 얼굴을 생각하며 가방을 끌러 대본을 꺼냈다.

창제가 학교에 오지 않은 게, 말하자면 집을 나간 게 벌써 사흘째다. 창제 어머니가 연극부 교실에 나타난 건 나흘 전, 그러니까 창제가 가출하기 전날이었다. 세련된 옷차림에 색깔이 살짝 들어간 안경을 걸친 아주머니가 문을 열고 들어서자마자 잔뜩 화를 누른 목소리로 내뱉듯이 말했다.

"우리 창제, 연극부에서 빼줘."

우리가 미처 무슨 일인지 깨닫기도 전이었다.

"뭐야, 엄마는!"

창제가 목에 생채기라도 낼 듯 꽥 소리를 지른 것 역시 내가 엉거주춤 일어나서 '창제 어머니구나.' 하고 알아채기도 전이었다.

우리가 모두 창제를 돌아보았을 때 창제 목은 핏줄이 터질 듯이 부풀어 있었다. 창제 어머니 눈에도 불이 일었다.

"뭐 해? 어서 나와!"

"에이, 씨!"

창제가 거친 말을 내뱉으며 문을 박차고 나갔다. 창제 어머니는 잠깐 당혹스러운 낯빛이었다가 재빨리 표정 관리를 하고는 마침

대본을 들고 서 있던 장익현 선배를 향해 날카롭게 쏘아붙였다.

"앞으로 창제더러 자꾸 여기 나오라고 하지 않았으면 좋겠어."

창제 어머니는 종종걸음으로 교실을 빠져나갔다. 우리는 순식간에 창제를 억지로 연극부에 끌어들인 공범자가 되었다. 다들 놀라서 멍해지긴 했지만 그래도 별로 어이없어하지는 않았다. 평소 창제 어머니의 극성이 도를 좀 넘는다는 것도, 연극부 못 하게 한 게 하루 이틀 일이 아닌 것도 진작 알고 있던 터였으니까.

그보다는 창제가 되게 쪽팔리겠다고 걱정했다. 부원들 앞에서 어머니가 그러고 가셨으니 그 정도면 나라도 뛰쳐나갔을 거다. 연극부원치고 엄마에게서 자유로운 아이가 몇이나 있을까? 우리는 모두 시험과 성적에 십 대의 인생을 저당 잡힌 신세 아닌가? 다들 나름대로 머리를 짜내거나 신경전을 벌이며 연습 시간을 뽑아내고 있는 셈이다. 나도 마찬가지이다.

"그래도 한눈에 내가 연출인 걸 딱 알아채시네. 센스 있으셔."

장익현 선배가 분위기 바꾸려고 어깨를 으쓱하며 농담을 던졌다. 하지만 팍 가라앉은 연습 분위기를 수습하는 데는 시간과 돈이 좀 들었다. 장 선배가 궁색한 주머니를 털어 컵라면에 아이스콘까지 돌려야 했으니까.

그런데 창제는 쪽팔리는 정도가 아니었던 모양이다. 그날 집에서 한바탕하는 것으로 끝내지 않고 가출이라는 극단의 처방을 쓴 걸 보면. 하긴 엄마가 학교 연습실까지 나타날 정도면 그동안 창제가 얼마나 통제를 받았을지는 알 만한 일이다.

"어이, 다들 와 있나?"

우리끼리 대본이라도 읽을까 하는데 장 선배가 들어섰다.

"선배님 지각."

음향 담당인 1학년 장미가 애교 있게 한마디 했다.

"에이, 인마. 안 그래도 피자 쏘라고 김종희 선배 불러냈다."

"선배님 대신요?"

"청소년들아, 대학생은 고딩보다 더 가난하단다. 그래서 이렇게 모~옴으로 때우지 않는가?"

두 팔을 쳐들고 길게 빼는 '모~옴' 때문에 쿡 웃음이 터지려는데 장 선배가 냅다 소리를 질렀다.

"야, 너희들 발음 좀 똑똑히 해라. 그렇게 우물거려서야 관객들이 알아듣겠나?"

우리 지금 대사 연습하고 있었나? 아이들은 딱 삼 초 동안 어이없는 표정을 짓고는 군말 없이 연습 자세로 들어갔다.

"자, 대사 한 번 읽는다. 감정 살리고, 발음 신경 쓰고, 말이 빨라지지 않도록 조심한다. 창제 역은 내가 대신 읽겠다."


미키    야호! 폴, '오션크루' 알지? 브레이크댄스 그룹 말이야.
       나 거기 오디션 볼 거야.
폴    뭐? 오디션? 네가?

미키　그래, 난 춤을 출 거야. 비보이가 되겠어. 내가 하고 싶은
　　　일을 찾았다고. 몸이 리듬을 타는 게 얼마나 황홀한지 알아?

폴　애가 갑자기 왜 이래?

미키　갑자기가 아냐. 우연히 그룹 연습실을 보고 난 뒤부터 자
　　　꾸 나를 끌어당기는 거야.

폴　춤이 너를? 오후에 자주 안 보이더니 거기 다녔어?

미키　슬쩍 들어가서 따라 해봤는데 내 몸의 모든 세포가 리듬
　　　을 타고 일어나는 느낌, 하하하! 거기 형이 나더러 정식으로
　　　오디션 보고 들어오래. 할 거야.

폴　네 아버지가 하라고 하시겠어?

미키　그게…… 이제 용기가 났어. 아버지 몰래 할 거야.


　토요일 해가 교실 뒤쪽 창으로 비스듬히 비쳤다. 일 년 내내 안
빨아도 표가 나지 않을 것 같은 진한 황토색 커튼 뒤로 뒷산이 보였
다. 여름을 앞둔 산은 푸를 대로 푸르러 있었다.

　창제는 어디서 무슨 생각을 하고 있을까? 아이들이 가방을 쌓아
둔 책상 위로 햇살이 내리꽂혔다. 빛줄기 안에서 먼지가 둥둥 떠다
니고 있었다. 마치 이 교실에서 거기만 먼지가 날고 있는 듯, 아니
먼지가 모두 빛을 찾아와 그 안에서 춤추고 있는 것 같다……고 생
각하는데 귀가 찢어졌다.

　“이동준!”

나는 대사 놓친 걸 깨닫고 허둥대며 교장의 대사를 찾아 읽었다.


교장　너희들, 특활 시간도 아닌데 모여서 뭐 하는 거야? 시끄
　　러운 소리가 아래층까지 들리는 거 알아?
존　대회에 나갈 거거든요.
교장　대회? 허구한 날 쿵쾅거리면서 트로피 하나 받아온 적 있
　　어? 이제 이 연습실 그만 폐쇄시킬까 한다.
아이들　예? 폐쇄요? 안 돼요, 선생님!
교장　시설비 잔뜩 들여 넓은 연습실 마련해줬는데 너희들
　　은 그저 놀기밖에 더 했어? 육성회는 결실 없는 데에 투자 안
　　한다.
아이들　우리는 열심히 하고 있어요, 선생님!
교장　너희들이 학업까지 소홀히 한다는 이야기가 들려오고 있
　　어. 폐쇄할 만하니까 한다는 거다. 이제 그만 하고 공부나 해!
아이들　선생님!
교장　쯧쯧, 고등학교 삼 년이 얼마나 중요한데 마룻바닥이나
　　구르며 시간을 보내다니…… 공부란 게 놀아가며 해도 되는
　　건 줄 알아?


'흐흐, 이건 뭐, 아예 우리 엄마 대사군.'
나는 한껏 무게를 잡고 고집스러운 교장의 목소리를 연기했다.

저녁밥 대신에 종희 선배가 와서 피자를 시켜주었다. 이미 취직해서 주머니가 넉넉한 선배였다.

"대한민국에서는 말이다, 여자가 남자보다 적어도 이 년은 먼저 돈을 벌거든. 고딩 때 햄버거 사준 거 이제 본전 뽑는 거야."

종희 선배와 고교 때부터 커플이었다는 장 선배가 길게 늘어진 치즈를 둘둘 돌려 말며 신나했다.

"너는 옛날에도 돈 없었다. 본전은 무슨……."

종희 선배가 눈을 흘겼다. 장 선배는 종희 선배의 핀잔에도 낯빛 하나 변하지 않고 뿡을 때렸다.

"흐흐흐, 기다려라. 연봉 두둑한 데 취직할 날이 얼마 남지 않았다."

"아이고, 제발."

"아, 나는 언제 저런 사랑싸움 한번 해보나."

1학년인 은종이가 피자를 든 채 부러워하다 매를 벌었다.

"아직 중학생 꼴도 못 벗어난 주제에 무슨 싸움?"

장 선배에게 한 대 쥐어박히고도 은종이는 종희 선배에게서 눈을 떼지 못했다.

"야, 실버벨, 얼른 먹고 얼른 커라. 크거든 이야기하자, 응?"

장 선배가 은종이 팔꿈치를 슬쩍 밀자 은종이 손에 들려 있던 피자가 입에 쿡 박혔다. 피자가 박힌 만큼 눈이 툭 튀어나왔다. 크크크, 귀여운 녀석. 하얀 피부에 곱상하게 생겨 마냥 어려 보이지만 제 할 일은 딱 부러지게 하는 녀석이다.

연극부원들은 선배들이 한마디씩 던져주는 말을 들으며 늦도록 연습했다. 내가 맡은 교장 역할은 나오는 장면도 많지 않고 무표정에 딱딱한 말투였는데 그것도 내겐 쉽지 않았다. 근엄한 말투로 오버액션하는 바람에 연기할 때마다 몇몇, 특히 여자애들이 쿡쿡 웃었다.

"인마, 나를 봐."

장 선배가 연기 시범을 리얼하게 보여주었다. 아우, 저 근엄이 어디서 나오나? 역시 선배였다.

우리는 창제의 거취에 대해서 내놓고 걱정하지는 않았다. 그 성격에 어디 가서라도 잘 있을 녀석이니까. 다만 창제가 다시 연극부로 올 수 있을지에 대해선 낙관할 수 없어 신경이 쓰였다. 못 오게 되면 창제의 실망이 얼마나 클지 아는 까닭이다. 평소에는 덜렁대고 희희낙락이지만 연습 시간만은 칼같이 지키고 결석도 하지 않는 녀석이다. 이번에 주역을 맡아 열연하던 중인데 뜻밖에 난리라면 난리를 치르고 있는 거였다.

늘 낙천적인 창제는 어머니 극성에 나름대로 대응 방식이 있어서 요리조리 잘 살고 있었다. 그런데 2학년이 되면서 그 극성이 도를 넘는가 싶었다. 두 달 전 본격적인 연습에 돌입하고부터는 삐걱거리는 소리가 나한테까지 들려왔다.

창제는 1학년 때부터 연극부는 물론이고 PC방 갈 때도 나와 단짝이었다. 창제 어머니가 아들을 수소문한다면 노처녀인 우리 담임 정미은 선생님은 응당 창제의 '그녀'인 수정이와 나를 협조자로 지목했을 것이다. 나는 창제가 내게는 물론이고 여친인 수정이한테까지 연락이 없는 걸 보고는 제법 독한 데가 있구나 싶었다.

"휴대폰을 홱 집어던져 버리고는 뛰쳐나가서 가진 돈도 별로 없을 거야."

아까 휴게실에서 창제 어머니는 눈물이 가득 고인 눈으로 나에게서 한 가닥 희망이라도 건지고 싶어 했다. 서슬이 퍼레가지고 연극부 교실에 나타났던, 며칠 전의 그 어머니가 아니었다. 창제는 다음 날 아침, 식탁에서 욱하고 뛰쳐나갔다 했다. 전날 밤에는 더 난리였겠지. 괜찮아, 창제는 작전 수행 중일 것이다. 굶고 있을 녀석도 아니고 누구에게 잡혀 맞고 있을 녀석은 더군다나 아니었다.

"걱정 마세요. 며칠 있으면 올 거예요. 창제가 어머니 속 오래 끓일 애는 아니잖아요."

"그렇지? 너도 그렇게 생각하지?"

창제 어머니는 지푸라기 잡듯 내 말에 매달렸다.

"예, 기다려보세요."

시시콜콜 창제 다잡이를 하던 모습과, 평소에는 잔소리 대상밖에 안 되던 나 같은 아이의 말에 한 오라기 희망을 거는 애처로운 모습이 전혀 다른 사람 같았다. 계단을 올라오면서 잠깐 돌아보니 창제 어머니는 여전히 휴게실 문 앞에서 서성대고 있었다.

나는 창제 어머니를 떠올리며 우리 엄마를 생각했다. 한 치의 오차도 없는 엄마에게 형은 잘 길들여진 순한 양이고 흡족한 아들이다. 그에 비하면 나는 안타깝기 그지없는 아들이고. 학교에서야 범생이까지는 못 돼도 그만그만한 학생쯤은 된다. 그러나 엄마 기준에 대면, 나는 탄탄하고 확실한 큰길을 두고 자갈길, 구부러진 길을 빙빙 돌아가는, 말하자면 귀하디귀한 시간을 낭비하고 있는 어리석은 아들이다.

"꼭 놀아봐야 그게 후횟거리란 걸 알겠니?"

나에게 보내는 엄마의 안타까운 절규다. 그러나 나는 후횟거리인지 아닌지 확인하려고 노는 게 아니다. 게다가 엄마 눈엔 노는 거겠지만 나에겐 생명력 충전이고 우정 쌓기이고 사회생활인 거다. 공부야 스물네 시간 내내 안 한다 뿐이지 할 만큼은 하고 있다고 생각한다. 그 '할 만큼'의 기준이 엄마와 나 사이에 너무 차이가 날 뿐이다. 엄마와 형 사이에는 별로 안 나는 것 같지만.

나는 창제보다 머리가 좋은 편이어서 절대로 엄마에게 연극 연습한다는 사실을 털어놓지 않는다. 어디까지나 야자, 야자를 늦도록 하는 것이다. 토요일에도, 일요일에도.

엄마가 빈틈없다고는 하지만 나에게는 형과 달리 어떻게든 한 줄기 틈새라도 찾으려는 강렬한 의지가 있다. 찾는 자에게 당연히 틈새는 보인다. 엄마에게 내가 두 번째라는 것, 그게 내가 숨 쉴 수 있는 실낱같은 빈틈이다. 그 빈틈 덕분에 나는 넉넉하지는 않지만 어느 정도 개갤 수 있는 여지를 손에 쥐고 있고, 또한 그 여지를 120프로 활용하고 있다.

엄마에게 나의 연극반 활동은 그냥 중학교 때 하던 특별활동 정도다. 연습이나 공연 같은 말을 한 적이 없기 때문이다. 1학년이던 작년 공연 때는 엄마에게 팸플릿도 보여주지 않았다. 내가 맡은 배역이 서너 번 무리 지어 지나가는 패거리 중의 하나일 뿐이기도 했지만 그보다는 눈치 빠른 엄마가 연극부의 무게를 재빨리 가늠해 낼 것이라는 계산 때문이었다. 그리고 그건 지금 생각해도 백번 잘한 일이다. 안 그랬으면 창제보다 내가 먼저 가출하는 일이 생겼을지도 모른다.

# 오늘 죽고 내일 새로 태어나기

집에 돌아오니 웬일인지 아무도 없었다.

'11시가 넘었는데 이상하네, 부부 동반 모임에라도 갔나?'

나는 주스를 한 잔 따라 마시고 침대에 벌렁 누웠다. 갑자기 웬자유? 하여튼 모범 엄마의 정성스러운 '한밤의 과일 접시'를 받지 않아도 된다는 것에 해방감을 느꼈다.

'해방감까지야…… 어휘 선택이 좀 부적절한가? '행복감'으로 바꿀까? 됐네, 됐어. 과일이 무슨 죄가 있나? 부록이 문제지.'

과일 접시에는 꼭 부록이 붙는다. 열네 시간 만에 겨우 학교를 벗어나 집으로 왔는데 '삼 년이 네 일생을 좌우해.' 아니면 '시행착오는 낭비야. 엄마가 보여주는 길로 곧장 가도록 해. 지금은 공부, 그게 최선이야.' 따위의 잔소리 부록을 듣는 것은 짜증 그 자체이다.

나는 고단한 등짝이 쫙 펴지는 것을 내 체세포들이 즐기도록 한참 동안 대 자로 누워 있었다. 편안함이 등줄기를 타고 손끝까지 전달되었다. 졸음이 스르르 덮쳤다. 나는 그대로 자고 싶은 유혹을 이기고 일어나 대충 씻었다. 내일 장근이 형과의 수학 과외 숙제가 아직이었다. 문제집을 펴는데 띠링, 하고 문자가 왔다.


—연극 같은 하루, 잘 살았니?


예슬이였다. 반가움에 지체 없이 답을 날렸다.


—물론, 낼 학교 올래?
—낼도 연습? 일요일인데?
—음, 오후에. 오전엔 시간 있어.
—그럼 정독실에서 봐. 점심 같이 먹자.
—오케이, 잘 자.
—오늘 죽고 내일 새로 태어나기.


내일 새로 태어나기? 예슬인 늘 진지하다. 그러나 골치 아프게 심각하진 않다. 오히려 풍부하고 경쾌하다. 지금처럼 책에서 봤음 직한 문구를 척척 제때에 잘 갖다 쓰는데 꽤 멋지다. 그래, 오늘은 죽자. 벌렁 누웠다. 대사 연습 때 무게 잡는 소리를 내느라 용을 써서 그런지 노곤했다.

'흐흐, 이럴 때는 일찍 자는 게 다음 날을 위해서 좋지. 수학 숙제는 내일 학교서 하지 뭐. 바싹 하면 충분할 거야. 그래, 공부는 능률이 우선!'

나는 잠신의 속삭임에 그대로 이불 속을 파고들었다.

'아 참, 창제.'

나는 벌떡 일어나 문자판을 눌렀다.

— 창제 혹시 연락 없어?

수정이한테서 바로 답이 왔다.

— 없어. 걱정 말고 자.

— 어째 너한테도 없냐? 너, 괜찮니?

— 괜찮지, 그럼.

— 걱정 안 돼? 섭섭하진 않고?

— 아니.

— 너, 어딨는지 아는구나.

— 몰라, 진짜.

— 근데 왜 그렇게 태연해?

─그럴 만하니까.

─무슨 소리?

─우리의 믿음이 그만큼 크다는 얘기.

─우웩, 닭살. 말해. 어딨어?

─정말 몰라. 잘 자. 끝.


쳇, 나는 휴대폰을 이불 위로 휙 던졌다. 도대체 안다는 거야, 모른다는 거야? 수정이가 저러는 걸 보면 뭔가 있는 게 확실하다. 그럼 안심이지, 뭐. 하긴 창제같이 충성스러운 애가 수정이 허락도 없이 오래 연락을 끊을 리가 없지. 크크크.

간단한 체육대회가 열렸던 지난 스승의 날이 생각났다. 스탠드에서 담임선생님을 둘러싸고 앉아 응원 겸 놀고 있는데 창제가 벌떡 일어나더니 두리번거렸다. 그러더니 담임이 손에 들고 있던 물통을 잡았다.

"샘, 이 물 좀……."

"응?"

"저기, 수정이가 약 먹어야 되는데 물이 없다고…… 문자가 와서……."

창제는 물통을 뺏다시피 들고 몸을 돌렸다.

"어머머, 애가 참."

순식간에 물통을 빼앗기고 눈을 동그랗게 뜬 담임을 향해 창제는 "죄송." 하고는 건너편 스탠드 쪽으로 뛰어갔다. 수정이는 밴드부가 운동회 분위기 메이커가 되어 연주를 하고 있는 그쪽에서 드럼을 치고 있었다.

"저, 저 녀석이……. 수정이 약? 어머머, 기가 막혀. 저걸 잡아 야단치면 노처녀가 질투한다 하겠지?"

"당근."

우리는 합창을 하며 모두 키득거렸다.

"얘들이……. 애인이 없으니 들고 있던 물도 빼앗기네. 아이고, 서러워, 정말."

크크크, 장한 녀석.

우리 예쁜 담임 정미은 선생님은 작업에 들어갔나, 어쨌나. 그날, 체육대회가 대충 마무리되었을 때다. 분위기가 어수선한 틈을 타 전날 빼앗긴 휴대폰을 찾으려고 교무실에 갔다가 텅 비다시피 한 그곳에서 연극부 지도교사인 손장하 선생님과 이야기하고 있는 담임을 보았다. 손 선생님은 컴퓨터 모니터를 보며 자판을 열심히 두드리고 있고, 담임은 그 옆에서 상냥하고 우아한 표정으로 웃으며 뭔가를 이야기하고 있었다.

허걱, 우리 중성 담임한테 저런 여성스러운 면도 있었나? 조금만 더 일찍 보았더라면 나는 결단코 그 장면을 방해하지 않고 물러났을 것이다. 그러나 내 발은 벌써 문 안쪽으로 두어 걸음 들어가 있었고 게다가 담임이 나를 발견해버렸다. 아, 정말이지 고의는 아니었습니다, 선생님. 나는 속으로 말하며 고개를 꾸벅했다. 담임은 태연한 척 자기 자리로 가면서 물었다.

"무슨 일이니?"

"저, 휴대폰……."

"인마, 수업 중 문자는 나에 대한 예의 문제 아니니?"

그 정도 잔소리로 휴대폰을 돌려받았음은 물론이다. 그리고 며칠 후 사진 건.

체육대회 중 점심시간에 화사한 꽃밭 언저리에서 어쩌다 담임과 애들 여럿이 사진을 찍게 되었는데 마침 지나가던 손장하 선생님이 얼결에 끼었다. 담임이 제일 끝에 서 있었던 관계로 손 선생님이 그 옆에 서게 되었던가 본데, 나는 수정이한테서 그 사진을 메일로 받고서 '앗싸!' 했다. 표정도 좋고 위치도 쓸 만하여 아이디어가 번쩍했다.

나는 컴퓨터 앞에 앉아 서투른 솜씨로 이리저리 잘라내고 편집하여 두 사람만 나오는 멋진 사진을 만들었다. 환상적으로 핀 철쭉 무더기를 배경으로 밝게 웃고 있는 청춘 남녀! 거의 약혼자 분위기였다. 나는 사진 두 장을 큼직하게 뽑아 봉투에 넣어 담임한테 주었다. 사진을 보며 기쁨을 감추지 못하던 담임을 보고 나는 확신했다. 우리 선생님에게도 봄이 왔음을.

"근데 언제 찍었지, 기억에 없는데?"

뒤늦게야 좀 멋쩍은 듯 내숭성 질문을 하던 담임은 아마 나중에 수정이한테서 여럿이 찍은 원본 사진을 받아 보고 알아챘을 것이다. 그 커플 사진 조작에 내가 얼마나 공을 들였나를. 내놓고 고맙단 말을 할 수야 없겠지만 속으로는 나를 아주 기특하게 여기고 있을 것이다. 흐흐, 옛 애인을 잊지 못해 노총각으로 있는, 네 살 연하의 손장하 선생님을 사로잡기는 험난한 길이겠지만 창제를 본받는다면 불가능하진 않을 것이다.

창제가 수정이를 여친으로 만들기까지 1학년 초부터 들인 노력은 가히 감동적이다. 모든 조별 수행 과제에서 같은 조에 들기 위해 아이들에게 도움을 요청하는 건 물론이고 필요하면 선생님한테 조르는 일도 마다하지 않았다. 2학년에 올라가면서 수정이와 같은 반에 들기 위해 캔 사 들고 선생님들을 찾아다니며 벌인 로비는 교무실에서도 유명하다. 그 무렵 용돈이 바닥난 창제가 목마를 때마다 내 주머니를 흘깃거렸던 건 아직도 쓰린 기억이지만, 어쨌든 그 안면 몰수한 구애 작전에 선생님들조차 웬만하면 받아주라고 수정이에게 권할 정도였으니까.

1학년 말쯤에 있었던 모의고사 포기 사건은 창제의 연애사에 길이 남을 용기 있는 사건이다. 나와 창제는 제2외국어를 치게 되어 있어서 먼저 시험이 끝난 수정이 등 몇몇이 미리 가서 영화표를 사 놓고 기다리기로 했다. 시험 끝나고 서둘러 가면 상영 시간에 맞춰 도착할 수 있었다. 그런데 무슨 문제가 있는지 시험이 삼십 분이나 지연되었다. "아우, 뭐야."를 연발하던 창제가 자리에서 벌떡 일어났다.

"동준아, 너는 쳐야겠지?"

미처 상황 판단이 안 돼 어리둥절한 나에게 창제는 씩 웃으며 손을 들어 보이고는 가방을 챙겨 들고 나갔다. 기가 차서, 별 시험이 아니긴 하지만 그래도 그렇지, 하다가 나는 얼른 수정이에게 문자를 날렸다. 우정은 머리도 잘 돌아가게 한다.

——너와의 영화 한 편을 위해 시험을 포기하고 나간 창제! 꼭 옆자리에 앉혀라.

답이 없었던 건 생각 좀 하느라 그랬을 거고 나중에 창제에게 들어보니 수정이의 옆 자리를 꿰차고 영화보다 더 영화 같은 시간을 가졌노라는 자랑이었다. 다음에 둘이서만 영화를 보러 가는 길도 그때 트게 되었으니 시험 포기의 대가는 충분했던 셈이다. 나의 숨은 공을 창제는 각골난망이라 했다.

근데 창제 이 녀석은 정말 어디 가서 떵까떵까 하고 있나, 제 어머니는 하루하루 피가 마르는데. 아니지, 아무려면 설마 떵까떵까하고야 있겠나? 견디다 못해 가출한 형편인데……. 그러자 졸리는 중에도 은근히 걱정이 피어올랐다.

'아, 뭐. 수정이가 괜찮다잖아. 그러면 괜찮은 거야. 아니, 그런데 엄마 아빠는 아직도 안 오고 뭐 하시는 거지?'

가물가물 잠이 들려는데 전화가 울렸다. 아빠였다.

"동준아, 문단속 잘 하고……."

뭐야, 이 목소리는……. 나는 아빠의 낮게 가라앉은 목소리에서 언뜻 긴장감을 느꼈다.

"아빠, 안 오세요? 엄마도 같이 계세요?"

"그, 그래. 서울에 왔다……. 동준아, 얼른 자고…… 내일 다시 전화할게."

아빠는 내 대답도 듣지 않고 전화를 끊었다.

'무슨 일이야?'

잠이 확 달아났다.

'갑자기 서울이라니? 형한테 갔나? 형한테 무슨 안 좋은 일이라도?'

그럴 리가, 이제껏 형한테 계획에 없던 일이 일어나는 걸 본 적이 없다.

'혹시 형이 무슨 사고를 친 거야?'

나는 픽 웃었다.

'사고라니, 형이? 그러면 아주 바람직하고 재미있는 일이지. 흐훗.'

그냥 무슨 일이 있어서 갔겠지 뭐. 잠이 달아난 김에 메일이나 볼까 하고 일어났다. 나는 컴퓨터 스위치를 누르고 화면이 주르르 흐르는 걸 보며 잠시 기다렸다.

대수롭지 않게 생각하면서도 아까 받은 아빠 전화가 자꾸 마음에 걸렸다.

'무슨 일이야, 대체. 아우, 신경 쓰여.'

아무래도 뭔가 개운하지 않아서 엄마 휴대폰으로 전화를 했다. 받지 않는구나, 생각하는데 어디서 귀에 익은 소리가 약하게 들렸다. 소리를 따라갔더니 안방 화장대였다. 기분이 그래서 그런가, 혼자 울리는 전화기를 보니 설핏 무섬증 비슷한 게 지나갔다. 나는 들고 있던 내 전화기를 거칠게 닫았다.

'휴대폰을 놔두고 가다니, 엄마도 정신이 없어.'

나는 없는 엄마에게 일부러 핀잔을 주며 형 번호를 눌렀다. 전화기가 꺼져 있었다.

'아, 형까지 뭐야? 찝찝하게.'

나는 냉장고를 열어 우유를 꺼내 벌컥벌컥 마셨다.

아무도 없는 집, 엄마 아빠가 드물게 여행이라도 간 날이면 앗싸, 하는 건데 지금은 뭔지 모르지만 그 분위기가 아니다. 나는 망설이다가 아빠 휴대폰 번호를 눌렀다. 받지 않았다.

'도대체……. 아우, 기분 진짜 별로다.'

나는 문단속을 한 번 더 하고 이불을 뒤집어썼다.

'아이고, 예슬이 말처럼 일단 오늘은 죽자.'

즈즈즈……. 나는 벌떡 일어나 초기 화면 그대로 있는 컴퓨터를 껐다.

# 퇴장

꽤 오래 뒤척였는데 어느새 잠이 들었던가 보다. 잠결에 요란한 소리를 들으며 이게 무슨 소리인가 하다가 전화인 걸 깨닫는 순간 나는 튕기듯이 일어났다. 전화는 뜻밖에 작은아빠였다.

"동준아, 너 지금 바로 옷 챙겨 입고 경비실 앞으로 나오너라."

"무슨 일이에요, 작은아빠?"

"그건 만나서 이야기하고, 얼른 준비해라. 삼십 분 후에 도착하마."

잠시 멍하게 있다가 시계를 보니 6시였다. 이 새벽에, 하다가 삼십 분 후라는 말이 생각나서 나는 얼른 양치를 했다.

작은아빠는 택시를 타고 와서 그대로 나를 타게 하더니 내 손을 꼭 잡고는 앞만 보았다.

"뭐예요? 어디 가는 거예요?"

작은아빠는 숨을 몰아쉬기만 하고 한참 동안 대답이 없었다. 나는 불안해지기 시작했다. 분명, 무슨 일이 있는 거야. 그것도 아주 나쁜.

"동준아……. 성준이가……."

나는 숨이 탁 막히는 것을 느꼈다. 어젯밤부터 여기저기서 다가오던 불길함이 결국 모습을 드러내는 모양이었다. 나는 겨우 침을 삼키며 작은아빠를 뚫어지게 보았다.

"성준이가…… 사고가 난 것 같구나."

나는 가슴이 쿵 하는 소리를 들었다.

"무슨 사곤데요? 형이 다쳤어요?"

"그게 말이다, 나도 잘 모르겠다. 가서 보자."

역에서 내린 작은아빠가 기차표 사는 걸 멍청히 지켜보고 나서야 나는 문득 연극 연습 생각이 났지만 고개를 흔들었다. 형한테 생긴 일이 얼마나 큰 일인지 짐작할 수가 없었다. 기차에 앉고부터 불안으로 가슴이 조여들었다. 작은아빠는 자는지 어쩌는지 머리를 뒤로 하여 눈을 감고 있었다.

나와 세 살 터울의 형은 우리 학교를 졸업했으니 고교 선배이기도 하다. 내가 처음 입학했을 때 담임은 물론이고 교과 선생님들까지 나를 알은체했다.

“네가 성준이 동생이라며? 형처럼만 해라.”

“너희 형, 학교 잘 다니지?”

형은 공부를 잘했다. 내가 아는 한 처음부터 공부 잘하는 아이였다. 그리고 당연한 듯이 일류대에 붙었다. 형 때문에 내 학교생활이 얼마나 힘들었는지는 말로 다 할 수 없다. 1학년 첫 성적이 나왔을 때 담임선생님은 그랬다.

“인마, 형 얼굴에 똥칠을 해라, 똥칠을.”

나는 형이 얼마나 열심히 공부했는지, 얼마나 머리가 좋은지는 모른다. 형은 원래부터 공부를 잘하는 학생이었고 나는 내 인생을 살기 바빴을 뿐이다. 그리고 그 공부라는 거 때문에 형과 내가 엄청 차이가 난다고도 생각하지 않았다. 엄마한테 형제 사이에 어쩜 이리 다르냐며 잔소리를 들어도 나는 “비교하지 마세용.” 하며 까불었다. 다시 말하지만 나는 늘 바빴다. 십 대 인생에 즐거운 일이란 얼마든지 있었으니까.

그런데 고등학교에 들어오자 형이 얼마나 대단했는지 선생님들은 수시로 나를 깨우쳐주었다. 형 때문에 여기저기서 관심 반 꾸중 반으로 얻어먹은 꿀밤은 이루 헤아릴 수 없다. 덕분에 친구들은 나에게 잘난 형에 대한 부러움과 함께 형만 못한 아우에 대한 안타까운 연민까지 보여주었다.

형 친구한테서 우연히 들은 말에 의하면 형은 수학여행 가서도 남들 소주 마실 때에 한쪽 구석에서 책을 보았다고 했다.

"너는 형하고는 많이 다르다? 네 형은 공부 말고는 관심이 없는 녀석인데."

그 형은 욕인지 칭찬인지 모를 말을 하며 웃었다.

하지만 나는 1학년이 채 끝나기 전에 형의 그늘에 그럭저럭 적응했다. 그 말은 나에게 씌워진 형의 올가미에서 나름대로 벗어났다는 뜻이다. 선생님들도 내 그저 그런 성적에 차츰 적응해갔다.

작은아빠는 지나가는 수레에서 김밥과 음료수를 두 개씩 사서 나에게 건넸다. 그러고는 묵묵히 김밥을 먹었다. 평소 과묵한 분이 아닌데 말없이 꾸역꾸역 먹는 걸 보니 뭔가 묻고 싶어도 입이 안 떨어졌다. 나는 슬그머니 불안해지는 걸 이기지 못했다.

"형이…… 교통사고예요?"

"높은 데서…… 떨어졌나 본데……."

작은아빠는 말끝을 흐렸다. 많이 다쳤을지도 모른다……. 나는 입을 다물었다. 형답지 않게 어디서 떨어지기는……. 위험한 짓을 할 쪽도 못 되면서. 입맛이 없어서 대충 먹고는 도시락을 덮었다. 작은아빠도 반도 안 먹고 덮어버렸다. 그러고는 캔을 따서 마시더니 다시 고개를 젖히고 눈을 감아버렸다.

'도대체 얼마나 다친 거야? 작은아빠까지 가게.'

다리가 두 동강이라도 났나? 하는 생각이 들자 갑자기 눈물이 푹 솟구쳤다. 주먹으로 눈물을 쓰윽 닦는데 어느새 보았는지 작은아빠가 어깨를 토닥여주었다.

과외를 해도 성적이 중간치였던 나는 엄마에게 한숨만 불러오는 아들이었다. 작년 여름방학 때 한 달 동안 집에 와 있던 형은 나에게 수학을 꼼꼼히 가르쳐주었다. 숙제를 미처 못 하기가 일쑤였어도 형은 야단 따위는 치지 않았다. 그보다는 엉뚱한 말을 해서 나를 의아하게 했다.

"나는 네가 부러워."

내가 학원 가는 걸 깜빡하고 늦도록 놀다 왔을 때, 뭐 자주 있는 일이지만, 엄마는 너란 애는 도저히 납득을 할 수 없다며 방방 뛰었다. 나는 형 보기가 좀 멋쩍어서 히이 웃었다. 그때도 형은 그렇게 말했다. '네가 부러워.'라고.

그랬는데 지난 겨울방학 때 집에 온 형은 사흘 만에 도로 가버렸다. 설날에 잠깐 왔다 가고, 그렇게 형이 가족과 함께 있을 시간이 확 줄어버렸다. 나는 서울에서 할 일이 많아 보이는 형이 부러웠다. 내가 꿈꾸던 자기만의 자유로운 시간을 형은 이제 마음껏 보내고 있는 것이다.

나는 틈틈이 문자 메시지를 보냈고 형은 늘 거르지 않고 답을 해주었다. 먼저 문자를 보내올 때도 많았다. 그것이 요즘 들어서 좀 뜸했던 것 같다. 본격적인 연극 연습에 들어가면서 나는 형을 잠시 잊고 있었다. 그런데 그사이에 사고라니, 내 참, 형이 우리 식구들을 애먹일 때도 있구나. 제발 큰 사고가 아니었으면……

작은아빠가 나를 데려간 곳은 입원실이 아니었다. 엄마는 나를 보자마자 끌어안더니 소리도 못 내고 흐느꼈다. 아빠는 나를 외면했다. 나는 한참이나 서 있다가 그곳이 영안실인 걸 알고 어리둥절했다.

'이게 무슨…….'

작은아빠가 가방에서 문제집 크기만 한 사진을 꺼냈다. 형의 사진이었다. 컴퓨터로 출력한 사진의 배경에 설핏 보이는 것이 새로 지은 할머니 댁인 것으로 보아 작년 겨울에 찍은 사진의 양옆을 잘라내고 형만 남겨 확대한 사진임에 분명했다. 형의 오른쪽엔 내가 있었고 왼쪽엔 할머니, 사촌동생 정준이, 그리고 준희가 있었을 것이다. 찍던 장면까지 기억에 생생한 사진이었다.

'나도 갖고 있는 사진인데, 그런데…… 사진을 왜…….'

띠링, 나는 꽃 장식이 요란한 곳에 형의 사진이 얹히는 걸 보며 멍청하게도 휴대폰을 열었다.


―왜 안 와? 아직 자니?


문자를 읽으며 예슬이구나, 하는 생각만 하고 아무것도 할 수 없었다. 도대체 형은 어디에? 무슨 일이 벌어진 거야?

영안실, 화장장……. 서울에서의 이틀은 악몽, 아직도 깨어나지 못한 악몽이었다. 무슨 일이 일어났는지 나는 아직도 꿈인 듯 멍했다.

서울에서 내려온 뒤, 우리 집은 괴괴했다. 엄마도 아빠도 그림자처럼 움직이고 입을 떼지 않았다. 서로 얼굴을 마주 보지 않았고, 눈이 마주치는 것도 피했다. 나는 머릿속이 하얗게 되어 숙모가 주는 밥을 먹고, 자다가 깨다가 했다. 외할머니와 이모가 왔다 가고…….

'도대체 무슨 일이 일어난 거지?'

한번씩 정신이 들면 누구에게랄 것 없이 물었다.

형은 죽었다. 학교 잔디밭에 떨어져서. 몇 층에서 떨어진 건지, 왜, 어떻게 일어난 사고인지 아무도 내게 말해주지 않았다. 다들 말을 아끼고 입을 열지 않았다.

할머니가 정신없이 마루를 기다가 바닥을 치며 꺼이꺼이 울었다.

"내 새끼를 누가 어쨌다는 말이고? 내 손자가 어데를 갔다 말이고? 아이고, 나는 못 믿겠네, 나는 못 믿겠네."

아빠는 서재에서 나오지 않았고 엄마는 안방에서 꼼짝하지 않았다.

"동준아, 우째 된 일이고? 니는 아나? 응? 우째 된 일이고?"

할머니는 소파에 멍하니 앉아 있는 내 다리를 붙잡고 같은 말을 자꾸 했다. 할머니 울음소리가 텅 빈 내 머릿속을 윙윙 울리며 돌아다녔다. 작은아빠가 할머니를 달래서 겨우 데리고 갔다. 숙모가 죽을 들고 이 방 저 방 다녔다. 소파도 커튼도 순식간에 빛을 잃은 듯 온 집 안이 칙칙하고 불을 켜도 캄캄 어두웠다.

닷새 만에 간 학교는 아이들이 북적북적해도 내게는 썰렁했다. 동준아, 하며 먼저 와 있던 짝 현우가 내 등에서 가방을 내려주었다. 친구들은 나에게 선뜻 말을 못 붙였다. 온 교실이 내 눈치를 보는 것 같았다.

'형이 죽었어……'

아이들의 조심스러운 표정에서 나는 형의 죽음을 실감했다.

"힘들겠지만 너라도 빨리 마음을 잡아야지."

언제 왔는지 담임선생님이 내 어깨에 손을 얹었다. 내가 고개를 숙인 채 가만히 있자 선생님은 뒷말을 잇지 못하고 머뭇거리다가 앞으로 갔다. 친구들은 나의 자랑스러운 형이 갑자기 사고로 죽었다는 것에 아무런 위로의 말을 찾지 못했다. 아무도 떠들지 않아 한껏 썰렁해진 분위기를 깨기라도 하듯 수정이가 내 자리로 오더니 캔 하나를 따서 내밀었다. 나는 웃으려다 잘 안 돼서 그냥 캔을 받았다.

마실까 어쩔까 망설이고 있는데 현우가 내 허리를 슬쩍 찔렀다. 고개를 드니 밖을 가리켰다. 약간 열린 창으로 예슬이 얼굴이 보였다. 예슬이야, 와락 반가움이 일었다가 곧바로 가라앉았다. 이럴 때 만나고 싶지 않아. 문자가 온 것도 여러 번 씹었는데……. 고개를 돌리고 그대로 앉아 있는데 누가 어깨를 잡아 흔들었다. 안 봐도 예슬이였다. 나는 일어나고 싶지 않았지만 아이들이 다 보고 있는 게 불편해서 따라 나갔다.

건물 밖으로 나가자 예슬이가 내 손을 잡아끌었다. 체육관 건물로 가는 길, 사이사이 작은 꽃나무를 심어놓은 돌계단 중간까지 내려갈 동안 예슬이는 내 손을 놓지 않았다.

1교시 시작종이 울렸다. 예슬이는 잠깐 멈칫하더니 계속해서 나를 잡아끌었다. 잘 다듬은 회색 화강암 사이로 자잘한 꽃들이 올망졸망 피어 있었다. 예슬이가 돌계단에 앉으며 나보고도 앉으라는 시늉을 했다. 둘이 나란히 앉으려면 바싹 붙어야 할 만큼 돌계단은 비좁았다. 나는 어디에 앉을지 우물쭈물하다가 예슬이보다 한 칸 아래에 비스듬히 앉았다.

예슬이가 내 어깨를 잡아 자기 쪽으로 돌렸다. 얼결에 마주친 예슬이의 눈은 물기가 살짝 어려 있었다. 나는 마주 보지 못하고 고개를 꺾고 말았다. 눈 아래 예슬이의 나란히 모은 무릎이 보였다. 깨끗한 교복 치마가 무릎 위까지만 살짝 덮고 있었다. 작고 평평한 그 무릎에 기대고 싶다는 생각이 들면서 나도 모르게 얼굴이 붉어져 고개를 들지 못했다.

계속 그러고 있기가 뭣해서 슬그머니 얼굴을 드니 예슬이가 내 속을 꿰뚫어 본 듯이 고개를 끄덕였다. 나는 단박에 기대도 좋다는 말로 알아들었다. 예슬이의 무릎에 가만히 얼굴을 얹고 눈을 감았다.

나는 깊은 위로를 받은 듯, 며칠간 딱딱하게 굳어 있던 마음이 누

그러졌다. 그럴 생각은 정말 아니었는데 내 입에서 조금씩 흐느낌이 새어 나왔다. 그러다가 아예 소리 내어 흐윽흐윽 울었다. 속에서 눌려 있던 울음이 꾸역꾸역 풀려나오는 것 같았다. 망연자실한 엄마 아빠 앞에서 마음 놓고 울지 못했던 것들이 다 비어져 나왔다. 예슬이가 내 머리 위에서 흑흑 따라 훌쩍였다.

아, 쪽팔려. 한참 울고 나니 그제야 창피한 생각이 들었다. 얼굴을 들고 머쓱하게 웃었더니 예슬이도 젖은 얼굴로 빙긋 웃어주었다. 같이 울어줘서 고맙다는 말을 선뜻 하지 못하고 입 안에서 굴리던 나는 짧은 비명을 질렀다. 돌계단 위에서 손장하 선생님이 우리를 내려다보고 있었다. 얼굴이 확 달아올랐다. 선생님이 슬쩍 몸을 돌려서 자리를 떴다.

나는 속이 뜨끔하다가 이내 마음이 놓였다. 선생님의 몸짓이 화난 것 같지는 않았기 때문이다.

"손장하 선생님이 우릴 보고 있었어."

"뭐?"

예슬이가 소스라치며 고개를 돌려 올려다보았다.

"나하고 눈이 마주치니까 얼른 가시더라."

"뭐라고?"

예슬이가 잠시 얼었다가 입에다 손을 대고 쿡, 웃었다. 나도 바람 새듯 비죽이 웃었다. 국어 담당인 손장하 선생님은 연극부 지도교사이자 예슬이의 담임이었다.

“우리 아주 노골적인 땡땡이구나.”

“그러게.”

예슬이가 일어섰다.

“우리 어차피 땡땡이친 거, 수업 끝날 때까지 연못이나 보러 가
자.”

“…….”

예슬이가 앞장서 계단을 내려가고 내가 뒤따라갔다. 계단 아래
에서 체육관 쪽으로 좀 더 돌아간 곳에 꽤 넓은 연못이 있었다. 연
못 둘레에 드문드문 벤치가 있었지만 내가 연못가 풀밭에 풀썩 주
저앉자 예슬이도 옆에 앉았다. 연못에서 뽀글뽀글 거품이 올라왔
다. 물속에서 물벌레들이 헤엄치고 있는 모양이었다. 할 말이 없어
서 어색한 채로 그냥 있었다. 예슬이가 마른 풀을 훑어서 연못에 던
지며 혼잣말처럼 말했다.

“사는 게 연극이라고 하더라. 자기 배역을 살다가 끝나면 퇴장하
는…….”

배역이 끝나면 퇴장? 이 세상에서 형의 배역이 끝났단 말인가?
위로하는 것치곤 좀 억지스럽다는 생각이 들었지만 긴말하기 싫어
서 가만히 있었다.

“뭐, 나도 내 역할이 언제까지인지 모르지만…….”

얘가 책을 너무 많이 읽었어. 딴에는 애를 쓰는 모양인데 그냥 가
만있어 주었으면 싶었다.

“그래도…… 내 앞에서 울어줘서 고마워.”

나는 좀 창피했는데 예슬이는 그렇지 않은가 보았다.

“그 앞에서 울 수 있는 친구……잖아, 내가 너한테.”

예슬이는 혼자서 자꾸 말하는 게 어색해서인지 과장스럽게 내 무릎을 잡고 흔들었다. 세상의 온갖 말들이 나에게서 꼬리를 감춘 것처럼 할 말이 없었다. 나는 물 위에 둥둥 떠 있는 수련에 시선을 던져두고 있었다. 마치 처음 보는 것같이 생경스러웠다.

‘저게 저렇게 물 위에 떠 있구나…….’

같이 울어준 예슬이지만, 그래서 갑자기 더 가까워진 것 같은 예슬이지만 나는 말할 수 없었다. 내가 충격에서 벗어나지 못하는 것은 아이들이 생각하는 것처럼 단지 슬프기 때문만이 아니라는 것, 형은…… 어쩌면 형은 자살했을지도 모른다는 것……. 그 말은 입 밖에 낼 수가 없었다.

엄마 아빠는 물론 친척들도 선뜻 입에 담지는 않았지만 형의 죽음은 뉴스에서나 가끔 보았던, 높은 건물 아래로 떨어진 죽음, 자살의 모양새였다. 나는 도무지 그 사실을 인정할 수도, 납득할 수도 없었다. 그래서 슬플 수도 없었다. 형은 어릴 때부터 바른 길을 벗어난 적이 없는, 지루하도록 건전한 사고를 가진 사람이다. 실족사할 위태한 곳에 갈 성격도 아니고 그렇다고 자살을 할 이유는 더군다나 없다. 그렇다면 대체 뭐란 말인가?

# 스프링벅

6교시가 끝나고 망설망설하다가 연극부실에 갔더니 장익현 선배 말고도 손장하 선생님이 와 있었다. 내가 들어서자 애들이 우르르 일어섰다. 창제는 여전히 보이지 않았다.

"동준아, 왔구나. 잘 왔다."

손장하 선생님이 내 손을 잡아끌었다. 선생님이 모르는 척도 아니고 위로도 아니고 그냥 그렇게 말해줘서 다행이었다. 돌계단에서의 일이 생각나서 나는 얼굴이 슬쩍 달아올랐다. 아이들을 향해 웃으려 하다가 잘 안 돼서 그만두었다. 몇몇 친구들이 힘내라며 내 어깨를 끌어안자, 아닌 척하면서 내 눈치를 살피던 1학년 후배들이 살았다는 표정이 되고 연습실 분위기에 갑자기 활기가 돌았다.

"우선은 연습에 몰두해보자."

선생님이 내 어깨를 토닥였다. 모두들 대본을 챙겨 들었다.

"창제가 계속 안 오고 있으니 배역을 보충해야 하지 않을까요? 수정이 말로는 당분간 못 올 거라던데."

승우의 말에 모두 눈을 크게 떴다.

"수정이한테 연락 왔대?"

"왔단 말은 안 하는데 짐작에 그럴 거라고."

"그 말이 연락 왔다는 거 아냐?"

"창제 선배 너무해, 우리한텐 연락도 안 하고……."

장미가 입을 삐죽였다.

"자식, 돌아오면 그냥 안 둔다."

상윤이가 대본으로 제 손바닥을 탁탁 쳤다.

"연락이 왔었다. 내게."

손 선생님 말에 모두 화들짝 놀랐다.

"정말이에요? 선생님?"

소프라노 목소리, 장소리였다. 발음이 분명하고 카랑카랑해서 대사로는 야단맞는 일이 없는 아이였다.

"그래. 이런 일이 있어야 겨우 손으로 쓴 편지 하나 받아보는구나."

선생님이 주머니에서 봉투 하나를 꺼냈다.

선생님 죄송해요. 저 지금 괜찮은 곳에 있어요. 좀 더 있다 돌아가려고 해요. 엄마와 저 사이에 쌓인 게 많아서 시간이 좀 필요해요. 연극이 많이 아쉽지만 어렵게 떠나왔으니까 그것도 참아야겠어요. 부원들에게 미안하다고 전해주세요. 엄마한테도 편지 썼어요.


"우와, 이 자식 저 혼자 느긋하네."

"시간이 필요하다……. 가슴이 찡해."

장소리가 단박에 울먹이더니 나를 보고는 기어이 눈물을 글썽였다. 나를 위해 울고 싶었는데 창제가 핑계를 만들어준 게 분명했다. 장소리는 계속 눈물이 나는지 허겁지겁 눈을 닦았다.

"주소는 없지만 우체국 소인은 멀지 않은 김해네요. 어쨌든 이걸 보니 마음이 놓입니다, 선생님."

승우가 편지를 선생님에게 돌려주었다.

"창제, 가출한 건 말할 것도 없이 나쁘지만 그래도 모자란 놈은 아니지?"

손 선생님이 쭉 둘러보며 우리 모두에게 동의를 구했다.

"예."

"그래, 우리, 창제를 믿기로 하자. 이번 연극에는 어쩔 수 없이 빠지겠지만 말이다. 자, 그러면 창제가 맡았던 미키 역은 어떻게 할까?"

손 선생님이 우리를 둘러보고는 장익현 선배에게 눈으로 물었다. 장 선배는 이미 정해놓은 듯이 말했다.

"미키 역은 동준이가 맡는 게 어때? 춤이 되잖아."

아이들이 모두 나를 보았다. 나는 갑작스러운 말에 당황했다. 미키는 주인공이고 브레이크댄스를 추는 아이였다. 나는 춤은 웬만큼 추지만 연기가 많이 딸리는 편이다. 잠시 놀랐던 아이들이 동의한다는 표정을 지었다. 장소리가 아이들 의견을 정리했다.

"그래요. 춤출 수 있는 애는 동준이밖에 없잖아요."

"그럼, 동준이가 하던 교장 역은 몇 장면 안 되니까⋯⋯."

장 선배가 말꼬리를 늘이자 선생님이 좌우를 둘러보고는 빠른 목소리로 낚아채듯 말했다.

"내가 하면 어때?"

"선생님이요? 진짜요?"

모두 눈이 동그래졌다.

"안 되겠니? 우리 학교 축제인데 연극부 지도교사도 자격 있잖아?"

"선생님, 교장 역이라고 늙다리처럼 보이면 안 돼요. 고딩이 분장한 것처럼 보여야지."

"알아. 잘 꾸미면 나도 고딩처럼 보이지 않겠니? 그래도 총각인데."

선생님이 두 팔을 옆으로 벌리고 어깨를 으쓱했다. 선생님이 고딩? 아이들이 와하하 웃었다.

"배역은 몰라도 입회 결정권은 연극부장인 저에게 있다는 거 아 닙니까? 허락을 해? 말아?"

승우가 팔짱을 끼고 양껏 고뇌하는 표정을 지었다.

"좀 봐주라."

"오디션도 없이 이러면 낙하산인데요. 뭐, 오늘 뒤풀이가 있다면 생각 좀 해보죠."

"하하하. 연극부 까다롭다는 소문이야 익히 들어서 아는 거고 뒤 풀이로 된다면 낙하산답게 처신하겠다."

"제가 탁월한 조명으로 한 십 년 줄여드릴게요."

조명 담당 재윤이가 손가락으로 동그라미를 만들어 흔들었다. 장미도 따라 흔들었다.

"선생님, 제가 연출이라는 거 아시죠? 여기서는 제 지시에 따라 야 한다는 말씀이죠."

장익현 선배 말에 선생님은 "물론이지."로 응수했다. 나는 가슴 한편이 싸했다. 선생님은 창제 사건에다 나까지 신경이 쓰여 연극 에 직접 뛰어드시는 것이다.

"그럼, 동준이가 창제가 맡았던 미키 역을 맡기로 한다. 동준이 너, 연습을 두 배로 해야 한다는 것쯤은 알겠지?"

나는 선택할 여지도, 필요도 없이 예, 하고 말했다. 몰두해보자는 마음이 대책 없이 들었던 것이다. 말해놓고 보니 바싹 긴장이 되었 다. 미키라니, 미키는 주연급 배역이다.

　사실 그동안 나는 연극이 꼭 하고 싶었던 것도 아니고 따라서 연극에 푹 빠진 것도 아니다. 엄마가 권하는 영어회화반보다는 그냥 그냥 재미있겠다 싶어 들어왔는데, 해보니 그런대로 할 만해서 계속 나오고 있는 것이다. 물론 엄마한테는 영어회화반이 다 차서 못 들어갔다고 말해 행동 굼뜨고 요령 없다는 핀잔을 한바탕 들었다.

　그런 터라 착실히 나오기는 했지만 연극에 아주 열정적인 것은 아니었다. 그런데 느닷없이 주인공 역을 꿰찬 것이다. 하지만 겁나지 않았다. 지금은 무작정 연극에 매달리고 싶었다. 말 그대로 무작정.

　「스프링벅」, 이번에 우리가 하는 연극은 연극부원들이 공동 작업으로 대본을 만들었다. 국어시간에 손장하 선생님이 해준 양 떼 이야기를 모티브로 하여 신문에 난 기사와 우리들의 이야기를 얹어서 줄거리를 구성한 작품이다.


　"아프리카에 사는 스프링벅이라는 양 이야기 아니?"

　작년 학기말 국어시간, 손장하 선생님이 책도 펴지 않고 칠판에 '풀'이라고 크게 쓰더니 뜬금없이 양 이야기를 꺼냈다.

　"이 양들은 평소에는 작은 무리를 지어 평화롭게 풀을 뜯다가 점점 큰 무리를 이루게 되면 아주 이상한 습성이 나온다고 해.

　무리가 커지면 맨 마지막에 따라가는 양들은 뜯어 먹을 풀이 거의 없게 되지. 그러면 어떻게 하겠어? 좀 더 앞으로 나아가서, 다른 양들이 풀을 다 뜯기 전에 자기도 풀을 먹으려고 하겠지. 그 와중에 또 제일 뒤에 처진 양들은 역시 먹을 풀이 없게 되니, 앞의 양들보다 조금 더 앞으로 나서려 할 테고.

이렇게 뒤의 양들은 앞으로 나아가려 하고, 앞의 양들은 또 뒤처지지 않으려고 더 앞으로 나아가게 돼. 그렇게 되면 맨 앞에 섰던 양들을 포함해서 모든 양들이 서로 뒤처지지 않기 위해 마구 뛰는 거야.

결국 풀을 뜯어 먹으려던 것도 잊어버리고 오로지 다른 양들보다 앞서겠다는 생각으로 뛰게 되지. 그러다 보니 그 속도가 점점 빨라지는 거야. 자, 정신없이 달리는 양 떼를 한번 상상해봐, 웃기지 않니?"

아이들은 무슨 말인지 몰라 웃기는커녕 멀뚱했다.

"한번 뛰기 시작한 수천 마리의 양 떼는 성난 파도와 같이 산과 들을 넘어 계속 뛰기만 하는 거야. 계속 뛰어, 계속. 여기가 어딘지도 몰라. 풀 같은 건 생각지도 않아. 그냥 뛰어야 해."

손장하 선생님은 고개를 아래로 박고 교실 앞에서 뛰기 시작했다. 왔다 갔다 왔다 갔다. 갑자기 웬 일인극? 선생님의 우스꽝스러운 동작에 몇몇이 웃었다.

"뛰어, 뛰어. 정신없이 뛰어. 그러다가 마지막으로 해안 절벽에 다다르면…… 앗, 절벽! 하지만 못 서지. 수천 마리의 양 떼는 굉장한 속도로 달려왔기 때문에 앞에 바다가 나타났다고 해서 곧바로 멈출 수가 없는 거야. 가속도, 알지? 설 수가 없어. 어쩔 수 없이 모두 바다에 뛰어들게 되는 거지. 그렇게 해서 한 번에 수천 마리의 양이 익사하는 사태도 발생한다니 정말 어처구니없는 일 아니니?"

애들이 멍했다.

"와, 그럴 수도 있어요?"

"있다니까."

"그래도 뒤의 양들은 그걸 보고 미리 서지 않을까요?"

내가 물었다.

"똑똑한 질문이야. 그런데 서면? 그 뒤의 양들이 무서운 속도로 덮쳐와 떠밀려서 바다로 떨어지겠지."

손장하 선생님은 교탁에 서서 아이들을 죽 훑어보았다. 모두들 얼이 빠진 표정으로 말이 없었다.

"그런데 이 어처구니없는 짓을 우리가 하고 있는 것 같다. 왜 경쟁해야 하는지도 모르고, 경쟁하는 데 습관이 들어서 피 터지게 달리기만 하고 있어. 결과가 보이지 않니?"

"대학에 가려면 할 수 없잖아요."

"너희는 대학생이 되기 위해 사니? 지금 이 순간순간이 너희들의 삶이야. 앞만 보고 달리지 말고 풀을 뜯어 먹으라고. 풀, 맛있는 풀!"

선생님이 칠판에 쓴 '풀' 부분을 연거푸 두드렸다. 쿵, 쿵, 쿵, 풀, 풀, 풀.

"향기도 맡고 맛도 음미하면서 천천히 가라고. 삶의 목적은 풀밭

끝 벼랑이 아니고 풀이야, 풀. 지금 너희들 옆에 자라는 싱싱한 풀이라고. 가다가 계획과 다른 길로 가게 되더라도 뭐가 걱정이니? 거기도 풀이 있는데. 못 먹어본 풀이 있어서 더 좋을 수도 있지. 빙 둘러 간다고 결코 낭비가 아니야. 생각지 못한 절경을 즐기면서 갈 수도……."

선생님은 교탁에 있는 캔을 따서 들이켜고는 눈까지 감고 천천히 삼켰다. 아이들은 선생님의 목젖이 쿨럭쿨럭 움직이는 것을 지켜보았다.

"으음, 맛있군. 그러니까 문제집만 끼고 살지 말고, 아, 공부하지 말라는 게 아니라 진짜 공부를 하라고. 허구한 날 공부하고도 왜 고3이 되면 수학을 포기한다느니, 영어를 포기한다느니, 그딴 소리를 하는지 몰라. 불후의 명작이며 역사, 사회, 종교, 심리학, 미술, 음악…… 이 흥미진진한 인류의 유산들을 만나는 데에 왜 시간을 못 내냐? 그런 의미에서 다음 주에는 책을 읽어 와서 토론도 하고 이야기를 나눠볼 생각이다. 너희들 성적 좋아하지? 그러면 그 토론으로 성적도 매기지 뭐, 내 취향은 아니지만."

"집에서 써 오기 해요."

"흥, 인터넷에서 줄거리 요약한 것 읽고 서평 베껴 오려고?"

히히, 웃는 소리가 들렸다.

"그건 명백히 표절이야. 범죄라고. 오오, 표절이 생활화되어 있는 대한민국이여!"

그날 나는 수업 내내 익사하는 양 떼를 생각했다. 남보다 앞서는 데만 신경 쓰다 풀을 뜯어 먹는 원래의 목적을 잊어버리고 정신없이 달린다고? 그러다가 멈출 수도 없게 된다고? 정말 웃기는 일이군.

장 선배의 지시로 우리는 대사 읽기부터 시작했다. 늘 듣던 대사지만 막상 미키 대사를 읽으려니 좀 어색했다. 책 읽는 거야, 뭐야? 내가 듣기에도 영 아니었다.

# 무슨 일이 있었던 거야?

조용조용, 우리 집은 뭐든 조용해져버렸다. 불안하고 멍한 엄마가 조용히 밥 먹으라고 했고, 분노를 한껏 참고 있는 듯한 아빠가 조용히 '왔니?' 할 때도 있고, 안 할 때도 있었다. 최대한 노력한 게 겨우 무표정을 가장한 얼굴일 것이다.

나는 일부러 몇 마디라도 더 말하려고 애썼다. '내일이 수요일이지요?'라든가, '이따가 비가 올까요?' 같은. 그러자니 더 숨이 막혔다. 상대적이었다. 엄마 아빠가 덜 조용하고, 내게 이것저것 말을 시키려 애썼다면 내 쪽에서 음울한 표정으로 입을 닫았을 것이다.

일요일 오후에 장근이 형이 수학 과외를 해주러 왔다. 지난주에 우리 집에 왔다가 헛걸음치고 간 후 처음이었다.

수업을 하던 장근이 형 얼굴이 차츰 굳어갔다. 말도 자꾸 버벅댔다. "높은 데서 떨어져서……" 하며 말끝을 흐리는 나를 바로 보지 못하고 몇 가지 더듬더듬 묻다가 막 수업을 시작한 참이었다. 내가 애써 사고라는 단어를 썼지만 장근이 형은 단박에 자살을 생각한 것 같은 대응을 했다. "그렇게까지……"라고 말하다가 깜짝 놀라며 입을 닫았던 것이다.

의대에서 전액 장학금을 받고 있는 수재인 장근이 형은 성준이 형이 고2, 고3 때 수학과 물리를 가르쳤었다. 그래선지 형의 갑작스러운 죽음에 충격이 컸나 보다. 장근이 형의 설명이 갈피를 못 잡았다. 평소라면 과일이며 차를 내오던 엄마도 꼼짝 않고 있어서 집은 그야말로 적막했다. 예전에, 공부에 방해되지 않도록 엄마가 내 방 쪽으로 얼씬도 안 하던 때의 조용함과는 도무지 다른, 숨이 턱턱 막히는 조용함이었다. 장근이 형도 그걸 느낀 모양이다. 연필을 놓쳤다가 허겁지겁 잡더니 도로 놓았다. 얼굴이 바짝 굳어 있었다.

"다음에…… 하자, 오늘은 영 수업이 안 되네."

나도 바라던 바였다. 장근이 형은 '반드시……', '철저히……' 같은 잔소리도 생략하고 서둘러 나갔다.

안방 문을 슬쩍 미니 엄마가 방바닥에 앉아 침대에 등을 기대고 있었다. 항상 단정하게 손질되어 있던 엄마의 머리가 아무렇게나 흐트러진 채였다. 그건 엄마의 모습이 아니었다.

나는 문을 살그머니 당겨놓고 거실로 나왔다. 아빠는 형 방에 있었다. 책상 앞에 앉아 두 팔로 머리를 감싸 쥐고 있는 아빠의 등이 엄마의 흐트러진 머리만큼이나 황량했다. 나는 가만히 들어가 형 침대에 걸터앉았다. 바닥에는 서울에서 가져온 형의 책과 공책 들이 어지럽게 널려 있었다. 아빠가 뒤적여본 모양이었다.

아빠는 한동안 그대로 있다가 나를 돌아보고 말했다.

"성준이가…… 왜? 아니, 그게…… 사고가 아니라면 말이다."

아빠가 아차 싶은지 얼른 말을 바꾸었다.

"아냐, 아냐. 사고가 아닌 것 같아서 말이다. 그러니까……."

아빠는 아빠답지 않게 침착하지 못했다. 흡, 하고 숨을 들이쉬고는 한참 있다가 푸— 하며 길게 내뱉었다. 숨 속에 화가 잔뜩 섞여 있었다. 나는 내 안에서 뭔가 찌익 찢어지는 것 같은 통증을 느꼈다.

'아빠도 역시 그렇게 생각하고 있구나. 차마 나에게 말하지 못했을 뿐이야.'

나는 막연하고 두려웠던 그것이 확인되자 마치 처음 알게 된 것처럼 충격을 받았다.

"아빠, 정말 그런 거예요? 형이……."

아빠가 내 말을 막듯 두 손으로 귀를 감싸고 있다가 갑자기 주먹으로 책상을 쾅 내리쳤다. 그 소리는 일주일 내내 괴괴하던 우리 집의 공기를 뒤집어 버릴 만큼 크게 울렸다.

"으으으……."

아빠가 두 손을 책상에 짚은 채 신음 소리를 냈다. 사람이 아니라 거의 짐승이 내는 소리 같았다. 속을 후벼 파는 소리였다. 엄마가 방문을 열었다. 아빠가 고개를 들다가 엄마를 발견하자 벌떡 일어났다.

"도대체 이유가 뭐야? 이유가 있어야 할 것 아냐?"

아빠는 주먹을 부르르 떨며 있는 대로 소리를 질렀다. 엄마 눈동자가 흔들리고 입술이 바르르 떨렸다. 그러다가 맥없이 허물어졌다. 나는 엄마를 일으켜 안방으로 데리고 갔다. 엄마는 침대에 모로 누워 눈을 감은 채 손으로 나를 밀쳐냈다.

나는 내 방으로 와서 침대에 풀썩 앉았다. 집은 다시 괴괴해졌다. 조금 전의 고성은 순간 지나간 폭풍우처럼 흔적도 없이 사라지고 다시 더 깊은 침묵에 빠졌다. 나는 또 숨이 헉 막혔다.

'역시 자살이었어, 역시 그랬어.'

순하고 단정한 형의 얼굴이 떠오르며 무서운 생각이 와락 들었다. 나는 몸서리를 치고는 벌떡 일어나 의자에 걸쳐둔 웃옷을 걸쳐 입었다.

방파제로 나갔다. 아파트와 방파제 사이로 난 넓은 산책로에는 사람들이 둘씩 셋씩 무리 지어 조깅을 하고 더러는 천천히 걷고 있었다.

나는 시멘트 구조물인 삼발이가 쌓여 있는 위로 훌쩍 올라갔다. '나의 별, 영원히 사랑해.' 삼발이에 낙서가 어지러웠다. 삼발이 몇 개를 경중경중 건너뛰어 바다 쪽으로 더 가까이 가서 앉았다.

여름이 코앞에 있었지만 엉덩이에 닿는 시멘트의 냉기는 뼛속까지 파고들도록 싸늘했다. 나는 일어나려다 참았다. 어쩌면 이 차가운 고통을 참으면 형의 안식에 힘이 될지도 몰라. 터무니없기는……. 하여간 나는 엉덩이가 시린데도 그대로 있었다. 형이 죽을 생각까지 하는 것도 몰랐다니……. 내 몸을 학대라도 하고 싶었다.

'형…….'

우리 가족은 방학이면 함께 여행도 하고 생일 때에는 선물을 잊지 않고 파티도 한다. 서로 이야기도 많이 하는 편이다. 나는 놀기 위해 더러 엄마에게 거짓말도 하지만 대개는 엄마가 눈치를 채고 한숨을 쉬곤 했다. 그런 정도지 가족들에게 꼭 숨겨야 할 일은 없다. 형은 거짓말조차 할 필요가 없다. 엄마 아빠의 절대적인 신뢰를 받고 있는 데다 형 자신이 교과서였다. 그런데 그건 어디까지나 내 생각, 아니 엄마 아빠도 포함해서, 우리들 생각이지 형은 아니었나 보다.

내가 바보였다. 눈에 보이는 형만 생각하고 형이 우리에게도 말 못 할 큰 고민을 가지고 있을 거라고는 생각도 못했다. 나는 그 가깝던 형이 아주 멀게 느껴졌다. 아니, 이미 멀리 가버렸다. 이제 없다. 가슴에서 뭔가 울컥했다. 이런 게 슬픔이라는 거구나…….

그러고 보니 대학생이 된 후 형은 전보다 좀 우울했던 것 같다. 말수가 줄고 표정이 무거워 보였던 것도 같다. 나는 그것을 어른 티가 나는 것이라 생각해서 은근히 존경 비슷한 감정을 갖고 있었다.

어쩌면 형은 정말 우울했을지도 모른다는 생각이 이제야 들었다. 그랬구나. 무슨 이유로? 생각이 여기까지 오자 탁 막힌다. 아빠도 그랬겠지. '왜?'라는 물음에 우리는 아무도 답을 갖고 있지 못했다.

'혹시 형 친구들은 알지 않을까?'

누구? 이웃에 사는 초등학교 동창 동섭이 형? 같은 고등학교에 학원도 같이 다니던 경민이 형? 나는 대충 생각나는 대로 몇 명 짚어보았다. 하지만 전화번호를 아는 형은 없었다.

'아, 형 휴대폰!'

나는 벌떡 일어났다. 마음이 급해져서 뛰다시피 집으로 왔다. 집은 아까 그대로 조용했다. 엄마는 아직도 침대에 몸을 기대고 있고 아빠는 외출하고 없었다.

상자를 뒤지니 휴대폰이 나왔다. 나는 충전하면서 바로 번호 몇 개를 옮겨 적었다. 문자함을 열어보았으나 별다른 건 없었다. 여자친구도 없었던가 보았다. 하긴 있었다면 엄마나 내가 모를 리가 없다. 그런 사생활쯤이야 얼마든지 이야기할 수 있었을 것이고 내가 자주 묻기도 했다.

"여자친구 안 사귈 거면 대학은 왜 가냐?"

그렇게 장난삼아 빈정대던 나였다. 엄마조차도 그 부분엔 꽤 관심을 보였다.

"여자친구 없니? 생기면 재깍 데려와."

하지만 형한테서는 그저 생길 뻔한 이야기만 몇 번 들었을 뿐이다. 나는 두려워하면서 번호를 눌렀다.

형 친구들은 다 서울에 있었다. 하나같이 네 엄마한테서도 전화 왔었다, 성준이가 대학생이 되어서도 노는 데는 잘 안 어울렸다고 말했다. 서울에서도 자주는 안 만났고 만나도 자기들처럼 신나게 놀지 않는 것 같아서 친구들이 아직도 범생이냐, 수능 또 칠 거냐 같은 말을 하곤 했다는 것이다. 하지만 그렇게 죽을 거라고는 생각도 못했다고 했다. 그렇게 죽을 거라고는?

'형 친구들도 형의 죽음을 사고로 생각하지 않는구나.'

사고였을 거라는, 이제 기대하고 있지도 않은 한 가닥 가능성이 그나마 무너지는 것 같았다. 도대체 친한 친구도 모르는 무슨 이유가 그 교과서 같던 형에게 있었던 것일까?

창밖은 벌써 밝은 기가 없어졌다. 그러고 보니, 이제껏 이 집에서 아무 소리도 나지 않았다는 생각이 들었다. 거실로 나오니 제법 어둑했다. 내 방에만 나도 모르게 켠 불빛이 있을 뿐이었다. 안방으로 들어가니 엄마는 어둑한 속에서 아까 그 자세로 앉아 있었다. 가구며 물건까지 모두 숨을 멈추고 질식해 있었다. 우리 집이 숨을 쉬려면 내 쪽에서 뭔가를 해야 할 것 같았다.

"엄마, 밥 줘."

나는 일부러 어린애처럼 말했다. 그게 통했나, 엄마가 나를 올려다보더니 천천히 일어났다.

"뭐…… 먹을까?"

엄마는 식탁 앞에 서서 어찌할 바 모르는 사람처럼 말했다.

"김치찌개."

나는 그거라면 장을 안 봐도 만들 수 있을 것 같다고 순간적으로 판단했다. 엄마가 냉동실 문을 열고 멸치, 다시마, 돼지고기 등을 꺼냈다. 나도 김치 냉장고에서 김치통을 꺼냈다.

"아니야, 먹던 김치로 하자."

엄마가 웃으려다 잘 안 된 어정쩡한 표정으로 말했다. 엄마도 내가 학교에서 하는 것처럼 애쓰고 있었다. 학교에서는 친구들이 내 눈치를 보는데 집에서는 내가 엄마 아빠 눈치를 보고 있었다.

엄마가 냄비에 물을 올리고 멸치와 다시마, 버섯을 넣고는 도마와 칼을 꺼내 탁탁탁, 김치를 놓고 도마질을 했다. 나는 식탁에 앉아서 엄마가 김치와 돼지고기를 쑹덩쑹덩 써는 것을 보았다. 김치찌개를 저렇게 만드는구나, 하고 멍청하게 생각하면서.

행동은 다 나에게서 나와야 할 것 같았다. 나는 아빠에게 전화했다.

"아빠, 식사하러 안 오세요?"

"응? 으으, 그래."

아빠는 내 말에 당황하고 있었다. 겨우 일주일 사이에 너무나 일상적인 말이 낯설고 당황스러워졌다. 하는 사람이나, 듣는 사람이나.

"어서 오세요, 아빠. 같이 저녁 먹게요."

"그, 그래."

아빠는 근처에 있었는지 삼십 분도 안 걸려서 왔다. 어쩌면 나처럼 방파제에 갔던 걸까? 식구들끼리 자주 가던 곳이니까. 거기 포장마차에서 한잔했는지 아빠에게서 술 냄새가 약간 났다.

늦은 저녁식사는 내가 딴에는 무슨 말이라도 하려고 애를 썼지만 조용히 이루어졌다. 형은 말없이 갔지만 남은 우리는 풀어야 할 게 많았다. 엄마 아빠는 같은 슬픔을 겪으면서도 또한 서로 가까이 하지 못하는 것 같았다. 나는 말할 거리를 찾았지만 그럴수록 더 없었다.

"보리차가 떨어졌네."

아빠의 말.

"아, 그러네. 녹차로 대신……."

엄마가 전기 주전자에 물을 넣고 스위치를 누르고, 아빠가 식탁에 있는 티백을 챙기고.

"잎차 마셔요."

하며 엄마가 잎차와 찻잔을 차리고.

"난 생수 마실게요."

하며 내가 생수병을 꺼내고. 아슬아슬한 느낌이었다.

"설거지 내가 할게, 엄마."

"그래줄래?"

엄마 아빠가 차를 마시는 동안 내가 설거지를 했다.

"당신 밥 잘 챙겨 먹어."

아빠가 가만있기가 뭣한지 애써 말했다. 물기 하나 없이 건조한 목소리였다.

"동준이도 학교생활 충실히 하고."

아빠는 그 말을 하고는 일어나 방으로 들어갔다. 그릇 씻는 소리가 왜 이리 크게 들리는지 나는 조심조심 움직였다. 엄마가 일어났다.

"나머진 내가 할게. 들어가."

아직 냄비가 남았지만 나는 그냥 방으로 들어왔다. 창문을 열고 숨을 크게 쉬었다.

나는 한참 동안 멍청히 앉았다가 컴퓨터를 켜고 메일함을 열었다. 거의 날마다 체크하던 것인데 형이 죽은 후 처음이었다. 안 읽은 메일이 여럿 있었다. 아! 그중에 형이 보낸 메일이 있었다. 순간, 칼날같이 예리한 것이 가슴을 찔렀다. 날짜를 보니 죽기 전날 밤이었다. 마우스를 움직이는데 손이 떨렸다.

동준아, 연극한다고? 신나 보이는구나. 열심히 해라. 나는 너처럼 신나게 살지 못한다. 부끄럽다. 사는 것도, 대학생이라는 것도 다 부끄럽다.

'뭐야? 부끄럽다니 형이 왜?'

죽을 생각을 하고 쓴 것일까? 엄마 아빠가 서울에 급히 간 날, 그날 밤에 열어보았으면 이 메일을 읽었을 터였다. 그때 형은 이미 죽은 뒤였지만 나는 메일을 진작 읽었더라면 형이 죽지 않았을 것처럼 후회스러웠다.

형이 최근에 보내온 메일들을 죽 훑어보았다. 대부분 내가 짧게 보낸 안부, 장난 들에 대한 간단한 답신이었지만 그 속에서도 형이 얼마나 나와 가족을 사랑하는지가 느껴져서 눈시울이 뜨끈하였다.

밤에 기숙사 옥상에 가끔 간다. 아래에서 낮 동안의 소음이 모였다가 웅웅거리는 것 같은 소리가 들리지. 네 웃고 까부는 모습을 생각하면 기분이 좋아진다. 언제까지나 그런 웃음 잃지 않기를.

엄마가 지금은 너를 자주 야단쳐도 이다음에 즐거움은 너한테서 더 많이 얻을 거야. 너는 나중 나중에도 우리 집 재롱둥이일 거야.

찜질방에서 외박을 했다고? 그것도 12시 넘어 전화로 통고하고? 당장 오라 소리 못하게 일부러 시간 넘겼겠구나. 엄마 속 끓는 게 여기서도 보인다. 하하하. 그때라도 전화한 건 정말 잘했다. 나도 너처럼 펄펄 뛰며 살고 싶다.

나는 네가 부럽다. 나는 엄마 놀랄까 봐 지금껏 정도에서 벗어난 일을 못해봤는데 지금은 하려고 해도 그런 거 아예 못하는 사람이 된 것 같다.

이제 생각하니 형은 나에게 공부 열심히 하라는 말을 한 적이 한 번도 없었다. 메일로도 말로도 문자로도. 그랬구나. 왜 그랬지? 형 말이라면 잔소리로 듣지 않았을 텐데……. 작년 여름방학 한 달, 내 수학 공부를 봐주었을 때도 정말이지 공부 좀 하라는 말은 한마디도 안 했다. 진짜로 내가 노는 게 부러웠나?

나는 형 메일 주소를 클릭하고 편지 쓰기 화면에다 자판을 두드렸다.

형, 도대체 무슨 일이 있었던 거야? 보고 싶어. 형, 형!

나는 소리 내어 형, 하고 부르며 무심결에 '보내기'를 눌렀다.

메일이 전송되었습니다.

나는 화면을 보고 잠시 멍했다. 메일이 전송되었습니다, 형에게? 형이 메일을 받을 것 같은 생각이 후룩 밀려왔다. 나는 한참 만에야 머리를 흔들고 정신을 수습했다.

그러고 나서야 퍼뜩 생각이 났다. 메일, 형의 메일을 열 수 있다면 뭔가 찾을 수 있을 것이다. 그러나 무슨 수로 연단 말인가? 비번을 모르는데 어떻게? 나는 형의 아이디를 쳐놓고 생각할 수 있는 모든 번호를 찾아 비번에 넣어보았다. 그럴 리가 없다 싶으면서도 학생증에 있는 학번, 전화번호……. 역시나 아니었다. 당연하지. 단순한 나도 그따위 번호를 비번으로 쓰지는 않는다. 본인인 것처럼 비번 찾기를 해야겠다 생각하면서 형 휴대폰과 주민등록증을 챙겼다. 그러다 무심코 다시 내 메일 읽기를 클릭했더니 형에게 보낸 메일이 되돌아와 있었다.

주소가 맞지 않으니 확인하십시오.


나는 가슴이 쿵 내려앉았다. 한 번 더 보내보았다. 마찬가지였다. 그건 형의 부재 선고였다. 주소는 분명 맞았다.

'형은 메일 계정을 없앴어. 역시 사고가 아니었던 거야.'

어쩌면, 혹시, 할 것 없이 이젠 분명해졌다. 나는 침대로 가서 이불을 뒤집어썼다. 캄캄한 속에서 부르르 떨었다. 무서웠다. 형이, 죽음이, 세상이 다 무서웠다.

'형, 너무해……'

나는 견디지 못하고 벌떡 일어났다. 거실로 나오니 불도 안 켜져 있었다. 나는 노크도 없이 안방 문을 홱 열어 젖혔다. 아빠는 또 나갔는지 없고 엄마만 어둠 속에서 침대 위에 두 다리를 안고 웅크린 채 앉아 있다가 고개를 들었다.

"엄마."

날카로운 내 목소리에 놀라 나도 모르게 움찔했다. 엄마가 천천히 다리를 내리고 허리를 폈다. 고개를 돌려 나를 보는데 가슴이 철렁했다. 표정 하나 없는 얼굴이 마네킹처럼 보였다.

"형이 왜……."

나는 말을 끝까지 잇지 못했다. 굳어 있던 엄마 얼굴이 천천히 공포로 질려가는 것이 어둠 속에서도 훤히 보였던 것이다. 눈빛이 흔들리는 것까지 보였다.

'엄마도 떨고 있구나. 엄마도 무섭구나, 나처럼.'

나는 문을 닫고 내 방으로 돌아와 불을 끄고 누웠다. 잠이라도 들어버렸으면……. 나는 이불을 둘둘 말아 안고 벌레처럼 웅크렸다.

# 꿈을 꾸어라

바뀐 배역 때문에 연습 시간 내내 긴장이 되었다. 버벅대는 것도 한 번이나 봐주지, 두 번 봐주지는 않을 것이다. 나는 미키의 생기에 찬 대사가 나왔을 때 에라, 모르겠다, 하고 크게 오버액션을 해 버렸다. 아이들이 쿡, 웃어줘서 오히려 변신에 용기가 생겼다. 역시 용기란 건 좋은 거다. 나는 동준이가 아니고 미키가 되기로 했다. 기분이 들떠 감정도 그런대로 살았다. 미키가 신이 났다. 나는 팔을 하늘로 내지르며 뛰어올랐다.

미키  폴! 오디션에 붙었어! 배틀에 나가게 됐다고! 축하해줘, 야호!

폴　잘됐어, 걱정은 되지만 어쨌든 축하해.

미키　아, 태어나서 이런 기분 처음이야. 내가 완전히 살아 있
　　　다는 기분이 들어. 너도 춤춰보면 알 거야. 같이 할래?

폴　아, 아니, 난 괜찮아. 난 루이스와 함께라면 늘 살아 있다는
　　　기분이 들어.

미키　뭐?


미키의 대사를 듣는 쪽이다가 말하는 쪽이 되니 같은 대사라도 느낌이 훨씬 달랐다. 창제는 이 대사를 읽을 때 어땠을까? 나는 미키가 되기도 하고 창제가 되기도 하면서 대사 연기에 빠져 들어갔다.

내가 두 팔을 벌리고 대사를 치며 무대를 한 바퀴 돌자 폴 역을 맡은 상윤이가 나를 따라 몸을 돌리며 상대해주었다.

짝짝, 장 선배를 따라 아이들의 박수가 이어졌다.

"야, 동준이. 기대 밖이다."

"뭘, 기대대로구만."

상윤이와 장소리가 말을 주고받았다. 아, 쥐구멍 없나? 연기도 안 되면서 오버액션한 것 같아서 창피한 생각이 들었다. 손장하 선생님이 나를 보며 고개를 끄덕이는 걸 보고는 더 그랬다. 손 선생님은 학창 시절 했다는 연극 실력이 아직 살아 있었다.


교장　정 그렇다면 좋아. 이번 대회에서 1등을 하면 봐주겠다.

하지만 못 하면 팀을 해체하고 연습실도 폐쇄하겠다. 알았나?

아이들 　해체는 안 돼요, 선생님!

교장 　왜, 1등 할 자신 있다며? 춤춘답시고 학습 분위기 흩뜨려 가며 날마다 이 난리인데 그 정도는 해야 할 거 아냐?

아이들 　선생님!

나는 연극 연습 외에도 댄스 동아리 '오션크루'에 가서 브레이크 댄스 연습까지 하느라 날마다 야자 시간을 다 잡아먹었다. 고맙게도 정미은 선생님이 슬쩍 눈감아주었다. 오션크루는 나중에 연극 공연에 특별 출연을 하여 나하고 춤추게 되어 있었다. 다들 춤 실력이 장난 아니어서 비슷하게라도 따라잡으려면 엄청 땀을 흘려야 했다. 나는 있는 힘을 다해 연습했다. 내 평생 이렇게 뭘 열심히 해본 적이 있었나 싶을 정도로. 연극을 하거나 춤을 추는 동안은 거짓말처럼 복잡한 생각이 사라졌다.

그대여, 꿈을 꾸어라.

언젠가 그 언젠가 그대는

꿈이 이루어져 있다는 걸 알게 될 거야.

그대여, 꿈을 꾸어라.

누가 뭐래도, 아무리 힘들어도

꿈이 있어 세상은, 산다는 건 즐겁다네.

나는 전화기에서 흘러나오는 노래에 귀를 기울였다. 약간 쉰 듯한 남자의 목소리였다. "꿈이 있어 세상은, 산다는 건 즐겁다네." 하다가 노래가 끊어지고 "여보세요." 하는 창제 어머니 목소리가 들렸다.

"그래, 편지가 왔어. 창제가 일주일만 더 있다가 오겠대."

창제 어머니 목소리가 한결 밝았다. 흥분에 차 있는 듯 들뜬 목소리였다.

"어디 있는지는 절대 말을 안 하네. 친구들한테도 연락 안 한다고 하더구나. 전화해줘서 고맙다."

돌아오면 좋은 친구가 되어달라는 당부를 하고 창제 어머니는 전화를 끊었다.

'그대여, 꿈을 꾸어라.'

나는 창제 어머니 말보다 아까 전화기에서 들은 노랫말이 더 여운에 남았다. 창제 어머니는 창제가 자신의 꿈을 꾸도록 해줄까? 어머니와 날마다 싸워가며 연습실에 오던 창제는 미키의 대사를 어떤 마음으로 연기했을까?

다행히 창제는 미키처럼 막막하지는 않은 모양이다. 곧 돌아오겠다고 전한 걸 보면. 그래도 자식, 어디 있는 거야?

저녁 급식 후, 가방을 챙겨 연습실에 올라가려는데 띠링, 휴대폰이 울렸다. 예슬이였다.


　　─나, 오늘 엄마 만나러 간다.
　　─무슨? 엄마 만나는 게 문자 보낼 일이냐?
　　─친엄마 만난다고.


　문자판을 누르려던 엄지손가락이 딱 얼어붙었다. 친엄마라니,
뜬금없이 무슨 소리야?


　　─다음에 얘기해. 연습 잘 해.


　처음 듣는 말이었다. 기억을 더듬었다. 예슬이 엄마에 대한 기억
이 있나? 아, 그래. 작년에 예슬이 생일이라고 예슬이 엄마가 맛있
는 떡과 음료를 반에 돌렸었다. 많이 축하해줘, 하면서 웃던 예슬이
엄마가 생각났다. 케이크나 피자에 입맛이 들어 있던 아이들도 정
말 맛있게 먹은 특별한 떡이었다. 그럼 그 엄마는? 예슬이는 그늘
도, 불화도 없어 보이는 아이인데. 하긴 친엄마 아니라고 그늘을 생
각하는 게 고정관념이지. 창제는 친엄마 아니어서 저러나. 나는 후
닥닥 계단을 올라갔다.
　연극부실에는 폴 역을 맡은 상윤이와 루이스 역을 맡은 장소리
가 극 중 유일한 커플답게 나란히 먼저 와서 하하거리고 있었다. 내

가 애써 명랑한 얼굴로 들어갔더니 상윤이와 장소리가 잠시 정지 동작이었다가 표정을 풀었다.

"오우, 미키. 어서 오게나. 대사는 많이 읽었는가?"

상윤이가 한 손을 번쩍 들며 더빙용 목소리로 읊었다. 나는 빙긋 웃으며 가방을 놓았다. 더빙 목소리라면 내가 한 수 위다.

"방해한 건 아니지? 본의가 아니었다는 걸 알아주게나."

"무슨 말씀, 농담하는 거 보니 이제 너 같다."

상윤이가 과자 봉지 하나를 휙 던졌다. 가뿐히 받았다.

"교장에서 갑자기 미키가 되니까 좀 헷갈리지?"

장소리가 한 손으로 턱을 받친 채 생긋 웃었다.

"아닌 게 아니라 세대 극복이 잘 안 된다."

나는 공기가 빵빵한 과자 봉지를 책상에 놓고 한 방 먹였다. 퍽! 말 잘 듣는 봉지다. 과자는 고소했다. 또 상윤이의 대사가 터졌다.

"오우, 비보이 짱!"

존 역의 승우가 들어오고 뒤이어 부원들이 속속 모여들었다. 손장하 선생님이 오고 장익현 선배까지 도착하자 바로 연습에 들어갔다.


존　이래 가지고는 도저히 안 되겠어. 작년 우승팀 실력은 장난 이 아냐.

미키　1등 못하면 정말 해체하는 거야?

존　교장 선생님은 팀 해체를 핑계로 우릴 협박하시는 거야. 1등
　　하면 학교 이름 나니까 좋고 아니면 없애고. 일방적인 약속이
　　지만 막 들이댈걸. 육상부가 몇 년째 우승을 놓치고 있으니
　　우리에게 덤터기를 씌우시는 거지.

맥스　1등이란 어딜 가나 딱 하나뿐인 건데 으, 부담!

미키　1등 해라, 어째라 하는 소릴 춤추면서도 들어야 하나?

맥스　춤짱 되고 싶은 건 나라고. 교장이 그런 협박 안 해도 열
　　나게 추고 있다 이 말이지. 괜히 스트레스 팍팍 주고 있어.

존　아, 춤추는 게 싫어지려고 한다.


"난 미키나 창제 형이 부러워요."

학교 앞 비탈길을 내려오는데 느닷없이 1학년 민구가 옆에 붙더
니 하는 말이었다. 민구는 미키 아버지 역을 맡고 있었다. 평소에
는 묻는 말에나 겨우 대답하는 녀석인데 오늘은 제가 먼저 말을 꺼
냈다.

"우리 아버지는 내가 학교를 가는지 마는지도 몰라요. 엄마는 가
게에서 밤늦게 오니까 아침에는 내가 학교 갈 때까지 일어나지도
않고요. 내가 혼자 달걀 프라이 해 먹고 학교 온다니까요."

"너를 믿는 거겠지."

"그렇게 생각하려고 해요. 안 그러면 서럽잖아요. 하지만 내 생
일도 잊어버리는데요, 뭐. 성적표 같은 건 보자고도 안 해요."

“당신들 사는 것도 버거우신가 봐.”

“그래요. 나까지 챙기기엔 힘에 부치시는 거죠. 왜 낳았나 몰라.”

“기쁘게 누려라, 그 자유.”

“지겨운 자유죠. 난 가출이나 자살을 하고 싶을 만큼 간섭 좀 받아보는 게 소원이에요.”

웅얼웅얼 삼키듯이 말하는 민구의 옆얼굴이 어둡고 딱딱했다. 나는 눈치 없는 척 딴소리를 했다.

“넘치는 자유를 감당하지 못하는 자의 비명 아냐?”

“투쟁해서 얻은 자유가 아니면 그건 자유가 아니에요. 무관심? 방임? 그게 진짜 이름이죠.”

민구는 쓸쓸하게 웃었다.

“투쟁? 그렇지, 자유란 말에는 피 냄새가 난다고 누가 그랬더라?”

저 때문에 너스레 떠는 말에도 민구 얼굴은 풀어지지 않았다. 소득 분배만 잘 안 되는 게 아니구나. 관심 분배, 기대 분배도 문제가 많군. 민구는 말을 끊은 채 울적한 표정으로 터벅터벅 걸었다. 나는 민구 어깨에 팔을 둘렀다.

씻고 들어오니 엄마가 과일 접시를 내왔다. 형이 죽은 후 처음이었다. 내가 물끄러미 접시를 보고 있자 엄마가 나를 가만히 끌어안았다.

"미안해, 동준아."

그동안 과일을 못 챙겨줘서 미안하다는 건가? 아니면……. 나는 아무렇지도 않은 목소리로 말했다.

"엄마도 힘내."

엄마는 내 등을 토닥이고는 조용히 나갔다. 완벽한 엄마, 엄마는 그 완벽함이 다 무너진 모습이었다. 엄마는 무엇이 미안할까? 엄마는 알고 있을까? 형이 죽은 이유를. 나는 묻지 못했다.


1교시 마치고 쉬는 시간, 복도에서 예슬이를 만났다.

"왜? 계모라서 놀랐니?"

"다들 부러워한 엄마잖아."

"그래, 좋은 엄마지. 친엄마보다 훨씬 나은 엄마."

예슬이가 후후, 웃었다. 즐거운? 쓴? 형용사 붙이기가 애매한 웃음이었다.

"엄마가 겨우 다섯 살인 나를 두고 아빠랑 이혼하고 떠났거든. 어렴풋이 친엄마를 기억하고 있었는데 열 살 때 제대로 사정을 알게 됐어. 아빠가 재혼하면서. 엄마는 공부를 계속하고 싶었는데 아빠랑 할머니가 극구 반대하셨대. 결혼 후 직장도 억지로 관뒀대. 집에서 살림만 하게 해서 결국 떠났다는 거야."

예슬이 얼굴이 잠깐 어두워졌다.

“친엄마 만나니까 어때?”

“그게 있잖아.”

예슬이가 헐렁하게 웃었다.

“나를 버리고 간 사람한테 십 년 넘게 준비한 싸늘한 시선을 딱 꽂아주려 했거든. 근데 말야. 잘 컸구나, 하면서 눈물이 핑 도는 엄마를 보는 순간 맥없이 무너지는 거야.”

“그래서 너도 울었어?”

“그렇게 되더라고. 영화 같은 거 안 찍고 싶었는데. 엄마 말이…… 두고 간 것은 정말 미안한데 엄마도 힘들었대. 나를 데려가고 싶었지만 아빠와 할머니가 절대로 안 놓아줘서 혼자 간 거라고. 이제라도 와주기만 한다면 돌봐 주겠다고……. 진심인 것 같았어. 그 말에 길고 깊었던 미움과 서러움이 스르르 녹았다는 거 아니냐? 하하.”

예슬이가 일부러인 게 분명한 웃음을 터뜨렸다.

“그동안 미워했었니?”

“원망과 그리움이 뒤엉킨 그거…… 미움이라고 이름 붙여도 된다면, 그래. 많이 미워했어.”

“전혀 눈치도 못 챘어. 너한테 그런 상처가 있는 줄은.”

“주연 배우인 너보다 내 연기가 더 뛰어나다는 거지.”

예슬이가 까르르 웃었다. 이번에는 진짜였다.

“지금은 프랑스에서 공부하다가 만난 프랑스 사람과 결혼해서

산대. 대학교수가 되어서 말이야."

2교시 종이 울렸다.

"프랑스에서 교수가 됐어?"

"그래, 그게 슬퍼."

"잘된 건데 왜?"

"그 이유는 나도 생각 중이야."

예슬이가 손을 들어 보이고 교실로 들어갔다. 예슬이는 4교시 끝나고 문자로 대답했다.

——날 떼어두고도 그렇게 공부가 되었다는 게 서운해서…….

——그래서 더더욱 이 악물고 공부하셨겠지.

——그랬나 봐. 다 팽개치고 갔는데 얼마나 매달렸을까? 용서해줄 거야. 엄마의 꿈을 뭉개버린 아빠의 잘못도 있으니까.

——너 프랑스 가면 나 데리고 가라. 어쩌면 「파리의 연인」을…….

——차라리 노틀담의 종을 치겠다 해라. ㅎㅎ

# 눈과 비가 안 오는 세상

1학기 말 시험이 가까워지자 연습 시간을 줄이기로 했다. 시험 핑계로 연습에 빠지는 애는 아무도 없었다. 우리는 다들 각자 맡은 인물에 몰입해가고 있었다. 나도 내가 동준인지 미키인지 헷갈렸다.

존   인마! 될 때까지 죽어라고 연습하랬잖아. 아직도 그렇게 비
    틀거리면 어떡하냐?
맥스   야, 하느라고 한 거야. 너무 그러지 마.
존   너는 반 바퀴만 더 업그레이드 하면 안 되겠니? 좀 악착같
    이 연습해.
맥스   우리 분위기 왜 이래? 너무 살벌하다.

미키　그래, 좀 즐겁게 하자.

존　우승해야 하는 거 알잖아?

맥스　그렇게 다그친다고 실력이 팍팍 느는 건 아니지.

미키　그래, 이만하면 잘하는 거야. 전보다 훨씬 낫다고. 그럼
　　　됐잖아.

존　우리 까딱하면 해체당한단 말이야.

맥스　알아, 그래서 피 터지게 하고 있잖아.


토요일 오후, 두 시간 정도 연습하고 다시 정독실로 가려는데 손장하 선생님이 나를 불러 세웠다.

"나하고 산책 좀 할래?"

"예."

나는 예슬이가 기다린다는 생각이 잠시 들었지만 선생님을 따라갔다. 선생님은 말도 않고 연못 쪽으로 뚜벅뚜벅 걸어갔다. 그동안 연극 연습 때나 국어 수업 때도 별말을 하지 않았던 선생님이지만 늘 나에게 신경 쓰고 있음을 느낄 수 있었다. 연못에는 수련이 더 무성해진 것 같았다.

"힘들지?"

"……."

선생님 눈엔 내가 명랑한 척하려고 애쓰는 게 다 보이겠지.

"성준이가 3학년 때 성적이 떨어져서 몹시 고민했지."

선생님은 형이 3학년 때 담임이었다. 그때 형 성적이 안 좋았나? 나는 모르는 일이었다. 나는 중3이었고 형은 수험생이어서 얼굴 보기가 힘들 때였다. 엄마가 시골 할머니 댁에도 안 갈 정도로 온 힘을 쏟아 붓느라 나에게까지는 관심 쓸 여력이 없었다. 내 입장에서 보면 참 살기 편하던 때였다.

"줄기차게 열심히 공부해온 아이들한테서 가끔 나타나는, 뭐랄까? 진이 빠지는 현상 같았어."

"몰랐어요. 형하고 친한 편이었는데도 지금 와서 보니 저는 형에 대해 아는 게 없어요."

"1학기 수시 떨어지고 크게 낙담한 데다 모의고사 성적도 내리막에서 회복할 줄을 몰랐어."

기억이 난다. 수시 떨어지고 나서 형뿐만 아니라 엄마까지 푹 처져 있던 때가 있었다. 아빠는 작은 일에도 트집을 잡아 화내고 엄마는 쩔쩔매며 아빠 눈치를 보곤 했다. 나는 엄마가 죄인처럼 쩔쩔매는 게 못마땅했지만 부부의 일이라, 그리고 공연히 불똥 만들어서 득될 게 없다 싶어서 모른 척했다.

나로서는 용돈 타기가 몹시 힘들던 때이기도 했다. 친구들과 일박으로 자전거 여행 간다는 말도 못하고 돼지 저금통을 잡아서 반 가출하다시피 갔었다. 다녀와서는 또 얼마나 호되게 혼났는지 고스란히 화풀이를 당했다.

"그런데 다행히 수능은 잘 봤어. 잘 본 정도가 아니라 아주 기대

이상이었지. 긴 슬럼프를 시험 전에 극복했던 모양이야."

그랬다. 형의 수능 성적이 잘 나와서 집안이 온통 기쁨 그 자체였다. 그리고 곧이어 일류대 합격, 엄마 아빠는 여기저기서 축하 전화 받고 한턱 쏘느라 그야말로 신나는 나날이었다. 그런데 내 눈에 형은 덤덤한 것 같았다. 나는 그걸 잘난 자의 거만함쯤으로 여겼다. 그때 내가 꽤 괜찮은 말을 했던 생각이 난다.

"형, 이럴 때는 잘난 척 안 하는 게 더 큰 교만이야."

내 말에 헐겁게 웃던 형의 얼굴이 떠올랐다. 그 생각에 미치자 나는 눈물이 핑 돌아서 얼른 눈을 깜박거렸다. 선생님이 몇 걸음 떨어진 긴 의자로 가서 앉았다. 나도 가서 옆에 앉았다.

"그런데 스승의 날에 메일이 왔는데 이런저런 얘기 끝에 뜬금없이 사는 게 부끄럽습니다, 라고 한 거야. 나는 의아해하면서도 스무 살 무렵에 더러 겪는, 정체성 고민을 하는가 했다. 대학에 들어가고 나면 오로지 학교 성적 내기에만 열중했던 몇 년간의 정신적 공백이 비어져 나오기도 하거든."

부끄럽다고? 형의 메일이 생각났다. 거기에도 부끄럽다고 했었다. 도대체 뭐가? 그 잘난 대학에 다니면서 부끄럽다니, 엄마가 형 덕분에 얼마나 어깨에 힘주고 사는데, 아니, 살았는데.

"성준이가 그렇게…… 그러고 나니까 그런 말도 다시 생각나고 하는구나. 남들이 다 부러워하는 대학엘 가고도 신나하지 않더니…… 왜 우울했나 싶은 게……."

형은 다른 사람한테도 별로 신나하지 않았구나. 왜 그랬을까? 혹시 형은 가고 싶지 않은 학과엘 간 걸까? 「스프링벅」의 미키처럼 하고 싶은 게 따로 있었던 걸까? 형은 전혀 그런 내색이 없었다. 내가 아는 한, 한 번도 그런 일로 아빠나 엄마와 의견이 부딪친 적이 없었다.

혹시 형은 의견조차 내지 못하고 살았던 건 아닐까? 그럴 리가. 아무리 내성적인 형이라 해도 그 나이에 그렇게 전혀 내색하지 않을 수는 없는 일이지.

"나는 네가 형처럼 너무 착하지 않아서 다행이라는 생각이 든다."

"예?"

"연극에 몰두해줘서 정말 고맙다."

선생님은 내 어깨에 잠깐 팔을 얹었다가 내리고는 일어섰다.

"재주도 좋아. 예슬이를 여자친구로 삼다니."

선생님은 눈을 찡긋하고는 내가 뭐라 하기도 전에 돌아서 갔다. 너무 착하지 않아서 다행이라니, 그게 무슨 말이지?

내가 썩 착하지 않은 건 사실이고 형이 착한 것도 사실이긴 하지만 그래도 그 말은 좀 이상했다. '너무'라니, 그 묘한 느낌……. 형이 착한 것이, 그것도 너무 착한 것이 문제였단 말인가? 그래서 뭔가가 힘들었나?

나는 무거워진 마음으로 일어나 천천히 돌계단을 걸어 올라왔다. 왜 나는 형이 엄마 아빠의 기대에 척척 들어맞는 걸 당연하다고만 생각했을까? 이상하지 않은가? 나하고는 이래도 안 맞고 저래도 안 맞는 엄마가 형하고는 그렇게 잘 맞았다는 것이.

그래도 예슬이를 여자친구라 해준 건 기분이 나쁘지 않았다. 사실 아직까지 여자친구라고 할 수는 없었다. 예슬이와는 1학년 때 같은 반이었는데 나는 처음부터 예슬이가 마음에 들었다. 당당한 표정에 말씨도 단아하여 호감이 갔다. 그런데 예슬이는 새침한 데다 공부파였다. 그치만 뭐랄까, 무작정 열공이 아니고 공부에 짓눌리지 않은, 즐겁게 공부하는 즐공파였다.

수재 형을 두었던 내가, 예슬이가 공부 따위 잘한다고 주눅 들 것은 없지만 왕성한 독서에서 비롯한 영양가 높은 화제와 생각에는 다소 존경을 품지 않을 수 없었다. 그래서 나는 내놓고 다가가지는 못한 채 일부러 가볍고 스스럼없이 대했고 예슬이도 나를 부담 없는 친구로 여겨주었다.

한데 그게 지금껏 걸림돌이었다. 한번 그렇게 설정된 관계는 고치기가 여간 어렵지 않았다. 도대체 둘만의 이야기를 할 분위기를 만들 수가 없었다. 둘이만 따로 만날 건수가 늘 궁색했고 만나도 책이나 영화, 음악 이야기를 하거나 일상적인 이야기를 하는 데에 너무 길들어 있어서 헤어지고 나면 뭔가 허전했다.

창제는 수정이와 데이트를 하기 위해 고군분투하다가 결국 성공했다. 감동 작전이 먹힌 거였다. 그런데 나는 만나도 데이트 같지가 않았다. 그러니 고백도 하지 못하고 있는데 여자친구라니, 그렇게 보였다니, 크크. 하지만 나는 곧 풀이 죽었다. 그날 돌계단에서, 그리고 요즘 예슬이가 나에게 살갑게 대하는 건 형 때문이니까.

어쨌든 예슬이가 나를 기다리고 있다. 나는 걸음을 빨리하여 전에 예슬이의 무릎에 기대고 앉았던 그 돌계단을 지나 정독실로 올라갔다.

예슬이는 공부에 열중해 있어서 내가 옆에 앉아도 몰랐다. 정독실이라는 데는 성적이 얼마 안에 드는 아이들이 특별히 분위기 잡고 공부하는 곳이다. 그러니 성적이 아래위로 딱 중간인 내가 올 곳은 아니다. 연극부 상윤이가 학원 때문에 주말에는 정독실을 안 쓴다기에 감독 선생님 눈치를 봐가며 대신 쓰는 것이다. 발소리도 내지 말아야 하고 숨소리도 조절해야 하는, 이 머리 쥐 나는 곳에 예슬이만 아니면 내가 올 이유가 전혀 없다.

어쩌면 이렇게도 몰입을 하나? 참 신기도 하지. 책이 뭐, 스타크래프트도 아니고. 책에다 머리를 박고 있는 예슬이를 보노라니 나를 기다리고 있을 거라 생각한 내 어리석음에 조소를 보내지 않을 수 없었다. 어깨를 슬쩍 건드리고서야 예슬이가 고개를 들었다. 마치 그동안 재밌는 게임에 몰두했던 것처럼 깜짝 깨어나며 환하게 웃었다. 그러나 그뿐, 예슬이는 '왔니?' 대신에 눈을 찡긋하고는 다시 책에다 고개를 박았다. 이곳은 인사 한마디에도 인색하기 그지없다.

‘공부가 제일 재미있어요.’ 이런 쳐 죽일 말을 한 놈도 예슬이 같은 애가 있는 걸 보고는 용서가 된다. 지금 5시, 어쨌든 예슬이와 햄버거 집에라도 가려면 여기서 세 시간은 죽치고 앉아 있어야 한다. 그 정도 공부는 나도 할 수 있다.

‘공부가 제일 쉬웠어요.’라고 한 미친놈도 있다지. 이 말도 형 같은 사람이 없었다면 끝까지 욕만 나왔을 것이다. 형은 공부를, 내가 양치질하고 밥 먹고 하는 일상사처럼 했다. 그리고 성적은 늘 최상위였다. 아, 아니다. 아까 손장하 선생님 말로는 형이 고3 때 성적이 떨어져서 많이 힘들었다고 했지?

‘너무’라는 말이 또 턱 걸렸다. 정말 형은 ‘너무’ 착했나? 그런데 형이 없어도 이따위 책을 들고 내신이라는 것에 매달려야 하는 나는 뭐냐? 아, 젠장.


일요일 오전에 오기로 한 장근이 형이 오지 않았다. 숙제를 안 해 놓은 터라 열나게 풀고 있다 보니 이미 삼십 분을 넘기고 있었다. 전화를 해볼까 하다가 그냥 있었다. 시간관념 엄격한 엄마도 장근이 형이 오고 안 오고에 대해서 아무 말이 없었다. 넋을 빼놓고 사는 엄마한테 내가 굳이 나서서 말할 필요야 없겠지.

내 기억에 형은 장근이 형과 많이 친했다. 형이 과외를 받던 그 무렵에는 나도 함께 끼어서 피자도 시켜 먹고 할 만큼 죽이 잘 맞았다. 지금 생각하니 그런 것치고는 형이 나중에도 장근이 형과 썩 살갑게 지내는 것 같지 않았다.

내 수업 때문에 장근이 형이 왔을 때 마침 부산에 와 있던 형과 마주친 적이 있는데 형은 그때도 그냥 간단히 인사만 하고 말았다. 그 바람에 내가 오히려 머쓱했는데 이제 생각하니 그것도 이상한 일이다. 나이도 두 살밖에 차이가 나지 않는 데다 같은 대학생이니 할 얘기도 많고 술집이나 클럽 같은 데 함께 가기에도 얼마나 좋은 사이인가 말이다. 형은 그때 이미 우울증이 있었던 게 아닐까?

형이 죽기 전과 죽은 후에는 어쩌면 이런 자잘한 것까지 이렇게 다르게 생각되는 걸까? 아무것도 그전과 똑같지 않았다.

'그런데 정말 장근이 형은 왜 안 오지? 연락도 없이 오지 않을 사람이 아닌데…….'

한 시간이 넘어서야 나는 전화를 걸었다. 장근이 형은 받지 않았다. 아이고, 모르겠다. 갑작스러운 일로 불통 지역에 가 있거나, 실연 따위로 간밤에 밤새도록 술 마시고 아직 자고 있거나, 인생이 허무하여 휴대폰을 꺼놓았거나, 그 밖에 대학생이 되면 생기는, 내가 모르는 무진장 많은 이유가 있겠지. 어쨌든 잘됐다. 나는 침대에 벌렁 누웠다.

어제, 저녁을 먹기 위해 예슬이와 갔던 학교 앞 햄버거 집에서 나는 몇 번이고 손장하 선생님이 했던 말을 자연스럽게 하려고 했다. 진지하고 심각하게 말하기는 애초에 틀린 거고 장난처럼 '크크, 네가 내 여친이래.' 이렇게 말해보려 했다. 그런데 그게 왜 그리 힘이 드는지, 예슬이가 물이나 휴지 한 장 건네는 거라도 내게 신경 써주는 게 모두 최근 들어서인 만큼 자칫하면 '힘들어 보여서 친구 좀 표 나게 챙겨준 걸 가지고 뭐?' 어쩌고 하면서 찬물 끼얹을까 봐 속으로 우물거리다가 말았다. 이제 생각하니 잘한 것 같다. 결과가 어찌 되든 그 뒤를 이어갈 마음의 여유도 없었다.

사실 형 일로 울적한 마음은 거의 연극과 예슬이 덕분에 견디고 있는 거나 마찬가지였다. 알게 모르게 배려해주는 예슬이의 마음이 그냥 친구여서라 해도 고마웠다. 이제부터 예슬이에게 좀 진지하게 대하는 연습을 해야겠다. 그다음에 고백해야지. 안 그러면 까르르 웃어버려서 내 고백이 흐지부지되기 십상이다. 그럼 돌이킬 수가 없게 된다.

"그냥 좋은 친구로 잘 지내라. 고백은 대학생이 되어서 하는 게 좋지 않겠니?"

형은 그렇게 충고해줬었다. 예슬이는 지금도 정독실에서 공부를 즐기고 있을 것이다.

예슬이를 만날 겸 학교에 가려고 가방을 챙기는데 갑자기 엄마의 울음소리가 가늘게 들려왔다. 이불로 입을 틀어막고 우는, 비적비적 새어 나오는 소리였다. 나는 나가 보려다가 도로 주저앉았다. 내가 뭘 어쩔 것인가?

아빠는 오늘도 아침 일찍 나갔다. 매일 늦게 들어오고, 주말에도 집에 없었다. 이번 주 내내 거의 얼굴을 못 봤다. 엄마를 혼자 두어도 되나, 하는 생각이 들어 잠깐 멈추었지만 혼자 있어야 저렇게 입을 틀어막지 않아도 될 거 아냐, 하는 생각이 들어 다시 가방을 챙겼다.

엘리베이터에서 내리다가 보퉁이를 들고 오는 숙모와 만났다.

"공부하러 가니? 엄마는?"

"혼자 계세요."

"그래, 너라도……."

숙모는 말하려다 그만두고 어색하게 웃었다. 만날 때마다 같은 소리 한다 싶었을 것이다. 내가 고개를 꾸벅하는데 숙모가 탄 엘리베이터 문이 닫혔다. 너라도 마음 단단히 먹고 엄마 아빠한테 힘이 되어드려라……. 숙모가 못 다한 뒷말을 나 혼자 했다. 숙모가 와서 다행이야. 그러면 엄마는 위로도 받아가며 마음 놓고 울 수 있겠지. 밖으로 나오니 지나치게 화창했다. 엄마에겐 비라도 오는 게 견디기 나을 것 같은데…….

정독실에 예슬이가 없었다. 안 왔나? 그럴 리가 없는데. 나는 재빨리 문자를 보냈다.

—어디?

—편의점에서 점심 사 먹는 중인데 곧 올라감.

나는 문득 점심을 안 먹었다는 생각이 들었다.

―돌계단에서 기다릴 테니 삼각김밥하고 마실 것 좀 사 와라.

―알았어.


십 분 후에 나가면 되겠구나, 생각하고 언어영역 문제집을 폈다.


……

이제

네 音聲을

나만 듣는 여기는 눈과 비가 오는 세상.


너는

어디로 갔느냐.

그 어질고 안스럽고 다정한 눈짓을 하고.

형님!

부르는 목소리는 들리는데

내 목소리는 미치지 못하는.

다만 여기는

열매가 떨어지면

툭 하는 소리가 들리는 세상.

이 시인은 동생을 잃었구나. 갑자기 시가 눈에 쑥 들어왔다. 몇 번 건성으로 공부하던 건데……. 성준이 형이 있는 세상은 눈과 비도 안 오고, 열매가 떨어져도 툭 소리가 안 나는 곳인가? 눈물이 핑 돌았다. 아, 정말 시도 때도 없이 형은…….

나는 책을 덮고 밖으로 나왔다. 돌계단에 앉아 있으니 운동장을 가로질러 예슬이가 누군가와 함께 오는 게 보였다. 본관 건물 앞에서 둘이 갈라지더니 예슬이만 이쪽으로 왔다.

"집에서 오면서 밥도 안 먹고 와?"

"잊었어."

"밥 먹는 걸?"

나는 대답 대신 비닐봉지를 받아 김밥을 까서 먹었다.

예슬이가 가만히 나를 보았다. 내가 '왜?' 하는 눈으로 보니 웃는 듯 마는 듯 어색한 표정을 지었다. 나를 안쓰럽게 여기는 표정. 싫었다. 김밥을 마저 입에 털어 넣고 우적우적 씹었다.

"'카르페 디엠'이란 말 알지?"

예슬이가 짧게 물었다. 『죽은 시인의 사회』, 예슬이가 빌려줘서 읽은 건데 '카르페 디엠'은 거기에 나오는 라틴어이다. 영어로는 'seize the day'. 나는 대답 대신 음료를 마시며 다음 말을 기다렸다.

"뭐, 영화나 소설에서는 'seize the day'를 오늘을 즐기라는 말로 해석하던데 난 말 그대로 오늘을 놓치지 말라는 뜻으로 생각해."

예슬이는 그 말을 하고는 입을 다물었다. 형 일로 너무 처지지 말라는 뜻이겠지. 나는 고개를 뒤로 젖혀 캔의 마지막 방울까지 털어 마셨다.

"그건 오늘은 결코 놓칠 수 없을 만큼 소중하다는 뜻이기도 해."

딱히 신통한 말은 아니지만 충분히 깊은 생각을 한 것 같다는 느낌을 주는 이런 때, 나는 예슬이가 존경스럽다. 그래서 내 고백 따위는 예슬이에게 시시할 거라는 생각이 들었다. 형 말이 맞다. 나중에, 나중의 일로 미뤄두는 게 좋겠다.

예슬이는 작년 교내 백일장에서 시로 장원을 하여 문화상품권을 다섯 장이나 받았다. 나는 그때 국어시간에 배운 오규원의 「프란츠 카프카」라는 시를 물가 감안하여 패러디해서 일찌감치 내고는 엎드려 잤다. 그리고 심사도 끝나기 전에 복도에서 만난 담당 선생님에게 꿀밤 세례를 받았다.


MENU

영어 정미은 3,500원

국어 이은경 3,000원

수학 김희철 2,800원

물리 강학규 2,500원

화학 임정화 2,300원

경제 장정호 2,000원

……

체육 심철우 1,000원

나는 내신 매기는 선생과 앉아 커피를 마신다.

가장 값싼

체육.


그런데 나중에 현대문학 담당인 이은경 선생님이 그 시를 수업 중에 낭송했다. 아하하하, 아이들이 책상을 두드렸다. 선생님은 "왜 내가 영어보다 싸구려야?" 했다. 문화상품권은 못 받았지만 인기상은 받은 거나 다름없었다. 무엇보다 예슬이와 친해질 수 있게 해준 게 그 시다. 예슬이가 수업 중에 유난히 까르르 웃더니 쉬는 시간에 내 자리로 왔다.

"너, 상 받을 만한데 유감이다. 내가 상품권 하나 양보할게. 토요일에 영화 보러 가자."

"뭐?"

"내가 너의 시에 상을 주겠다고."

우우, 아이들이 야유를 보냈다. 이제나저제나 가까워지려고 기회를 엿보던 내게 그건 장원보다 더 큰 소득이었다. 그렇게 아이들 앞에서 당당히 데이트 신청을 받아 같이 영화 보고 밥 먹고 하면서 예슬이와 친구가 되었다. 여친이 된 것도 아닌데 그 무렵 수정이에게 있는 공 없는 공 다 들이고 있던 창제가 얼마나 배 아파했던가?

"가자, 오늘을 놓칠 수 없잖아."

예슬이가 일어났다. 그렇지. 시험이 이 주일 앞으로 다가와 있었다. 오늘을, 아니 예슬이를 놓칠 수는 없다.

# 선택의 기준

"너희들, 공부를 왜 하니?"

5교시, 영어 수업 중이었다. 느닷없이 카랑카랑한 선생님 목소리에, 졸던 아이들이 눈을 번쩍 떴다. 날은 더워지고 점심까지 먹은 후라 애들은 거의 반이 졸고 있었다. 뜬금없는 질문에 고개는 들어도 대답하는 애는 없었다.

"학교에서 하루 열세 시간이나 공부라는 걸 하는데 그 이유를 모른다면 억울하지 않니?"

"선생님, 그건 왜 사느냐 하는 문제만큼 어려운 질문인데요."

누군가의 말에 여기저기서 가벼운 웃음이 일었다.

"그만큼 중요한 문제라는 거지."

애들은 벌써 눈치 챘다. 선생님이 수업을 그만 하려고 마음먹었다는 것을.

"그럼 왜 사는지는 아니?"

"우리는 하루하루 사는 게 힘들어서 이유까지 생각할 여유가 없어요."

크큭, 맞아, 생각은 사치지요. 웃음소리와 군말이 산발적으로 들렸다.

"선생님은 왜 사시는데요?"

"그야, 시집가기 위해서지."

누가 재빨리 대답하는 바람에 선생님이 말을 빼앗기고 어깨를 으쓱했다. 킬킬킬, 아이들은 선생님을 요리하려 했지만 정미은이 누군가, 선생님은 여유 있는 미소로 답했다.

"이유……까지는 아니고 지금 내 작은 희망 사항 중에 하나임을 인정한다. 그런데 그걸 단순히 시집가기 위해서라고 하면 좀 섭하지. 마치 너희들이 공부하는 이유를 '시험 잘 치려고요.' 하고 대답하는 것과 같거든."

"시험 때문인 거 맞는데요."

"그럼 뭐라 하면 되는데요?"

선생님은 웅성웅성하는 아이들을 제지하며 깔끔하게 응수했다.

"진정한 사랑을 찾기 위해서, 정도로 해두지 뭐."

우우, 진정한 사랑! 애들은 이미 잠이 다 깼다.

"왜 사느냐 하는 것은 살면서 각자가 평생 알아가는 것이다. 인생의 굽이마다 새로운 목표들이 다가오기도 하고. 중요한 건 자신의 마음속에 어떤 중심, 기준을 세우는 거야. 너희들은 끊임없이 선택 앞에 놓일 텐데 그럴 때마다 기준이 없다면 선택하기가 얼마나 힘들겠니?"

"기준 있죠. 성적."

"예, 성적이 모든 기준이 되잖아요. 용돈을 넉넉히 받느냐 못 받느냐, 최신 휴대폰을 새로 사느냐 못 사느냐."

"S대학을 가느냐, 못 가느냐."

"여친의 미모 수준을 높일 수 있냐, 없냐?"

"연봉 얼마짜리 남편을 얻느냐?"

크크크, 킬킬킬, 정미은 선생님도 웃고 말았다.

"어쩌나, 너희들의 고민이 그토록 심오한 줄은 몰랐다. 자, 이제 잠 깼으면 좀 진지해지자. 성적은 단기적인 목표지. 내 인생의 중심은 뭔가? 내가 진정으로 뭘 원하고 어떻게 살고 싶은가? 너희들 자신에게 물어봐. 자, 자신과의 대화에 참고할 시 하나 보여주겠다."

정미은 선생님은 돌아서서 분필을 휘갈겼다.

*The Road Not Taken*

몇몇이 에이, 하는 소리가 들렸다. 수업 안 하는 줄 알았다가 영 실망한 목소리였다. 「가지 않은 길」, 그 정도는 나도 알고 있는 시라 속으로 번역하며 다음을 기다렸다. 선생님은 에이, 하는 쪽을 한 번 쓱 돌아보고는 싱긋 웃으며 계속해서 써 내려갔다.

*Two roads diverged in a yellow wood,*
*And sorry I could not travel both*
*And be one traveller, long I stood*
*And looked down one as far as I could*
*To where it bent in the undergrowth;*

*Then took the other, as just as fair,*
*And having perhaps the better claim,*
*Because it was ……*

"너희들도 다 아는 프로스트의 시다. 자, 우리 영어 박사님께서 한번 번역해보시죠."

선생님이 마치 '춤 한번 추실까요?' 같은 포즈로 내 짝 현우에게 오른손을 내밀었다. 누가 "Shall we dance?"라고 하는 바람에 아이들이 하하 웃었고, 현우가 V자를 그리며 일어나 우리말로 낭독하기 시작했다.

"노란 숲 속에 두 갈래 길이 나 있었지요.

나는 한 나그네,

아쉽게도 두 길을 다 가볼 수는 없었지요.

오랫동안 서서 한 길을

바라볼 수 있는 데까지 멀리 내다보았지요.


그리고 나서 다른 길을 택했지요.

똑같이 아름다우면서 어쩌면 더 나을 것 같은 길.

그 이유는……."


시의 향기가 물씬 나는 번역에 시 낭송 분위기를 얹은 현우는 거기다 '그 이유는……' 하면서 한 손을 내밀고 아이들을 죽 둘러보는 연기까지 완벽했다. 아이들에게서 우우, 역시, 하는 감탄사가 터져 나왔다.

"너희들도 앞으로 두 갈래 길을 여러 번 만나게 될 텐데 어느 쪽을 선택할 것인가, 그때 너희들의 기준이 필요하지 않겠니? 더 낫다고 판단할 기준, 그래서 스스로 선택하고, 당연히 책임질 그 기준 말이야. 그걸 세우고 나면 이 졸리는 수업이 훨씬 견디기 쉽고, 어쩌면 즐길 수조차 있을지도 몰라. 'Because it was……', 이 뒤에 이어질 글을 각자 생각해보고 시험 끝난 다음 첫 수업까지 영작해 올 것. 원문을 찾아보는 건 좋은데, 내용은 각자 자신의 기준이어야 한다."

"영어로요?"

"그럼 영어 선생이 영어로 숙제 내지, 중국어로 내랴?"

"우이이이……."

항의 겸 투정이 이어지는 가운데 선생님은 책을 들고 문을 향해 걸어갔다.

"지금 이렇게 졸음을 참아가며 공부하는 게 억울하지 않도록 하자. 남은 이십 분은 공부하는 이유를 생각하며 푹 자도록 해라. 다음 시간에 졸지 않기 위해서. 안 자면 다시 온다."

와, 완전 짱! 아이들은 거의가 책상에 엎드렸다. 나도 물론이다. 엎드리니까 눈은 스르르 감겨도 머리는 더 맑아졌다. 공부를 왜 하지? 피 터지게 공부해보지 않았으니 이유를 모른다고 해도 억울할 건 없지만 그래도 이유 없이 공부한 것 같지는 않다.

열여덟 살이 되고 열아홉 살이 되고 대학생이 된다는 건 내 인생을 내 마음대로 할 수 있게 된다는 것이고 공부는 그 대가이다. 대가를 치르지 않고 얻을 수 있는 건 아무것도 없다는 사실쯤은 이미 깨우쳤다. 다만 내 마음대로 할 수 있게 되면 뭘 할 것인가는 아직 잘 모르겠다. 물론 없어서가 아니고 너무 많아서이다. 일단 자유로워지는 것이 내 목표다. 그게 기준이 될 수 있는지는 모르겠다. 어쨌든 그래, 나는 자유롭기 위해 공부하고 있는 거다. 예슬이에게는 아마 공부도 오늘을 놓치지 않는 한 방법이겠지. 형은 무엇 때문에 그토록 열심히 공부했을까? 그렇게 내팽개칠 삶을 위해 공부하지는 않았을 것 아냐?

나는 고개를 흔들었다. 제길, 나는 왜 무슨 생각만 하면 형을 갖다 붙이는 버릇이 생겼나? 눈초리로 눈물이 찔끔 비어져 나오는 걸 누가 볼까 봐 얼른 손으로 닦았다.


"으악!"

저녁 급식을 보고 모두 아우성을 쳤다. 허연 기름이 군데군데 굳어 있는 돼지고기볶음, 거의 맹물에 배춧잎 몇 개 띄운 시래깃국. 점심때도 말라붙은 닭튀김을 씹었는데……. 어쩔 수 없이 나도 아이들을 따라 식판을 들고 지하 매점으로 갔다. 매점은 벌써 식판 든 아이들로 북적거렸다. 몸 빠른 수정이가 재빨리 한 자리를 챙겼다. 예슬이가 우리를 발견하고 옆 자리로 비집고 앉았다.

"이건 밥이 아니라 사료야."

내가 식판을 젓가락으로 툭툭 치며 말하자, 예슬이가 맞장구를 쳤다.

"사육당하는 기분이야, 정말."

"급식 회사 바꾸자고 해봐도 들은 둥 만 둥이야."

"계약 기간이 있어서 안 된대."

수정이가 비꼬았다.

"급식을 이따위로 주는 건 계약 위반 아냐?"

현우가 줄 서서 받아온 라면 그릇을 앞앞이 돌리며 한마디 거들었다. 라면 국물에 밥을 말아 먹었다. 반찬을 도저히 입에 댈 수 없을 때 궁여지책으로 먹는 방법이다. 예슬이가 정색을 하고 웅변하듯이 말했다.

"나라의 기둥들이 하루에 두 끼나 이렇게 불량한 식사를 하고 있다! 이건 국가적 손실이라고."

"누구에게나 손실인 건 아니지. 저기 매점 아줌마하고 아저씨 얼굴 좀 보라고. 급식이 나쁠수록 매점 매상은 오른다, 누군가가 울면 누군가가 웃는다, 이게 세상의 진리라는 거지. 알아?"

수정이가 비아냥거리며 라면을 건져 먹었다.

"야, 혹시 매점 아줌마하고 급식 회사 영양사하고 무슨 사이 아닐까?"

현우가 정신없이 라면 국물을 푸고 있는 아줌마를 보며 낮게 말했다.

"우리 학교 이거하고 다 함께 친척일지도 모르지."

수정이가 왼쪽 엄지손가락을 들었다가 놓았다. 말투와 달리 얼굴은 완전 무표정이었다.

"선생님들도 이건 아니다 싶으실 텐데 왜 그냥 계시지?"

"우리도 불평이나 하지 적극적으로 나서 본 적은 없잖아."

예슬이가 먼저 젓가락을 놓으며 말했다.

"나서서 좋을 게 없으니까. 선생님이나 우리나."

내가 심드렁하게 말하자 현우가 물 한 컵을 다 마시더니 컵을 딱 소리 나게 놓으며 선언했다.

"아무래도 내 기준은 이걸로 해야겠다."

"뭐?"

"정의. 정의 말이야, 몰라? 영어 숙제 주제를 잡았다고."

"영어 숙제? 그게 뭔데?"

예슬이가 물었다. 현우가 눈을 감고 오른손을 반쯤 올리고는 시를 읊었다.

"숲 속에 두 갈래 길이 나 있었지요. 나는 한 길을 택했지요. 이유는 그 길이 좀 더 정의로웠기 때문입니다. 장난 아냐."

"그래, 장난 아닌 줄 알아. 그런데 그러면 지금 무슨 액션이 있어야 하는 거 아니니?"

예슬이가 무슨 말인지 재깍 알아듣고 되물었다.

"기다려봐. 방법을 연구해봐야지."

예슬이와 현우의 말이 진지한 바람에 갑자기 다들 심각해졌다. 식판에 놓인 라면 그릇이 한심해 보였다. 내가 젓가락을 놓으며 말했다.

"그래, 이렇게 매번 식판 들고 매점에 오고 말 일이 아냐."

"그래, 이건 사람다운 식사를 할 권리를 포기하는 거야."

예슬이가 '권리'와 '포기'에 힘을 주며 말했다. 그때 야자 시작종이 울렸다. 아직 남아 있던 아이들이 한꺼번에 우르르 일어서는 바람에 바닥을 긁는 의자 소리가 귀를 따갑게 했다.

지학 수업 중에 현우가 뺨을 열몇 대나 맞는 사건이 터졌다. 맞는 거야 가끔 있는 일이라 사건이랄 것까지 없지만 이번 것은 분명 사건이었다. 때린 정도가 심한 데다 현우가 볼이 벌겋게 부어오른 채 가방을 싸서 집에 가버린 것이다. 게다가 그 원인은 현우만의 문제가 아니었다.

지학 수업은 일주일에 한 번 들어 있다. 지학 선생님은 수업 중에 다른 얘기를 자주 하는 편이었다. 우스개나 학교에서 일어나는 일들, 더러는 우리가 사는 땅의 과거와 현재, 미래에는 관심이 없고 다들 영어 수학만 파고드는 데 대한 분통까지. 우리는 덕분에 머리를 식히고 느슨하게 쉴 수가 있었다. 일본이 정말 침몰할 가능성이 있을까? 그렇게 되면 한반도는 같이 가라앉을까? 아니면 솟아오를까? 그런 실질적인 문제는 교과서 수업보다 흥미도 있었다.

그런데 그게 도를 넘어서고 있었다. 막상 수업 진도를 못 나가서 중간고사 때는 한 시간 만에 교과서를 주르르 읽고 각자 알아서 공부해야 했다. 이번에도 중간고사가 끝난 5월 첫 주에 한 번 수업하고는 시간마다 이야깃거리가 넘쳤다. '초등학생에게 영어로 수학을 가르치면 영어 실력이 늘까? 수학 실력이 늘까? 아니면 둘 다 꽝일까?' 같은 이야기도 있었고 거대 자본의 할리우드 영화 이야기,

부당한 광고 모델료 이야기도 있었다. 그것이 5월 내내, 그리고 6월에 들어서도 계속되었다. 선생님은 늘 할 말이 많았고 그때마다 울분을 터뜨렸다. 수업은 거의 못 했다. 다들 질리기 시작했지만 그만 하자고 말하지는 못했다. 그러다가 기말고사가 코앞에 다가오자 현우가 한마디 한 것이다. 마침 선생님은 교육과정에 있는 모든 과목이 똑같이 중요하다는 얘기를 흥분해서 하는 중이었다. 수업 시간이 삼십 분이나 지나고 있었다.

“선생님, 지학 과목도 중요하다면서요? 수업 좀 합시다.”

선생님의 얼굴빛이 확 변했다. 열변을 토하는데 현우가 찬물을 끼얹은 것이다. 순식간에 우리 모두 ‘그대로 멈춰라’가 되었다. 급랭 분위기, 나는 샤프펜슬을 빙글빙글 돌리고 있다가 급히 붙잡았다. 다혈질의 선생님이 어떻게 나올지 조마조마했다. 교실 전체에 무거운 침묵이 흘렀다.

“나와!”

선생님은 분노와 무안이 뒤섞인 일그러진 표정으로 짧게 말했다. 현우가 엉거주춤 일어나 앞으로 나가자 모두 숨소리까지 죽였다. 지학 선생님은 천천히 다가서더니 연거푸 현우 뺨을 갈겼다. 그것도 있는 힘을 다해서. 자존심이 철저히 무너진 사람의 분노, 바로 그것이었다. 족히 열서너 대는 되었다. 교실은 숨소리 하나 없이 짝짝, 따귀 소리만 크게 들렸다.

선생님은 현우를 한참 노려보고는 책을 챙겨 나가 버렸다. 현우

는 얼굴이 벌겋게 부어오른 채 거친 숨을 몰아쉬었다. 그러고는 제
자리로 돌아와 가방을 챙겨 뛰쳐나갔다. 우리는 시선을 현우에게
꽂은 채 멍하니 있었다. 나는 일어섰다가 도로 앉았고 출입구 자리
에 있는 영규가 허겁지겁 뒤따라 나갔다가 그냥 돌아왔다. 아이들
은 순식간에 벌어진 일에 뒤늦게야 정신이 들어 웅성거리기 시작
했다. 모두 선생님을 비난하는 쪽이었다.

"이거 너무한 거 아냐?"

"사실 현우 말이 맞잖아."

두 달이 다 되도록 수업 진도를 거의 못 나간 것에 대한 불만을
현우가 터뜨려 준 것이었다. 그 방법이 선생님의 자존심을 가차 없
이 건드린 "수업 좀 합시다."라는 말이었다는 게 잘못이라면 잘못
이지만 다른 방법이 없지 않았냐는 것이 아이들의 중론이었다. 갑
자기 교실이 성토장이 되었다.

"선생님의 일차적 의무는 수업인데 그걸 한 달 반이나 소홀히 한
건 직무를 유기한 거야."

"맞아."

"그래도 선생님 말이 다 일리 있고 생각해볼 만한 것들이잖아."

"지금은 수업 내용보다 폭력 얘기를 해야지."

수업 부실에 대한 주장에 대해서는 선생님을 옹호하는 의견도
더러 있었다. 그러나 폭력이 부당했다는 것에는 다들 공감하고 분
노했다. 학생의 이의 제기를 전혀 받아주지 않고 즉각적으로 자기

의 자존심만 휘둘렀다는 것이다.

"자기 감정을 못 이겨 그렇게 있는 힘을 다해 때린다는 건 선생님으로서 있을 수 없는 일이야."

다음 수업에 들어와 사정을 알게 된 정미은 선생님은 자신이 맞은 것처럼 분노에 찼다. 담임이 교무실에서 지학 선생님에게 거세게 항의하는 걸 반장이 보고 왔다. 사건은 그날로 마무리되지 않았다.

다음 날, 현우는 결석했고 대신 현우 어머니가 와서 반 아이들에게 그 과정을 상세히 물었다. 지극히 절제한 말투였지만 화가 머리 끝까지 올라와 있는 목소리였다. 현우 어머니는 현우가 볼이 부어 밖에 나올 수 없을 정도라며 선생님을 폭행으로 고소하겠다고 했다. 교무실에 가서 조목조목 따지던 현우 어머니는 끝내 자제력을 잃고 몸부림쳤다.

나중에 지학 선생님과 교장 선생님이 극구 사과하여 고소까지는 가지 않았지만 아이들의 분노는 사그라지지 않았다. 오로지 감정만으로 학생을 과도하게 체벌한 것은 선생님답지 못하다는 것이었다. 다른 반에서도 지학 수업 거부 분위기가 일어났다.

"어차피 수업 안 하고 딴 얘기만 할 거잖아?"

복도에는 아이들이 한 무더기씩 모여 웅성거렸다.

수업에 들어온 손장하 선생님이 비어 있는 현우 자리를 한참 보더니 양팔로 교탁을 짚고는 침통하게 말했다.

"너희들, 어른이 성숙한 사람인 줄 알지?"

아이들이 무슨 소린가 하고 서로 멀뚱하게 보았다.

"아니다. 부끄럽지만 아니다. 어른을 완전히 성숙한 사람이라고 생각하지 마라. 감정을 조절 못해 후회할 짓을 저지르고, 작은 일에 크게 자존심 상해 이성을 잃기도 하고 의지대로 못해서 자책도 한다. 어른도 아직 미숙한 사람이다, 이 말이다."

선생님은 교실 앞을 천천히 걸었다.

"그러니까 잔소리도 하고 손도 올라가는 거다. 하지만 돌아서서 얼마나 자신을 부끄러워하는지 그건 너희들이 모를 거다."

선생님은 아이들을 죽 둘러보면서 말을 이었다.

"그러니 나를 비롯한 지학 선생님, 잔소리만 넘치는 엄마 아빠까지, 미숙한 어른들을 부디 용서해라."

어른을 용서해라? 나는 그 생소한 말에 약간의 충격을 느꼈다. 다른 아이들도 그런지 아무도 입을 떼지 않고 있었다.

손 선생님이 용서를 청하는 말은 아이들 마음을 많이 움직였다. 그건 때려서 미안하다는 말과는 차원이 다른 이야기였다.

이틀을 쉬고 현우가 학교에 나온 것으로 그 일은 일단 마무리가 되었다. 현우는 그 모욕적인 사건을 입에 올리지 않았다. 아이들도 마찬가지였다. 하지만 지학 수업시간이 떨떠름해지는 것까지는 막을 수 없었다. 현우가 다음 지학 수업에 자리를 비웠던 것이다.

선생님은 낭패한 얼굴을 애써 감추며 수업을 진행했다. 시험 범

위를 다 훑으려니 줄줄 읽거나 건너뛰고 있었다. 현우의 빈자리는 폭격으로 파인 구덩이 같았다. 나는 창밖으로 고개를 돌렸다. 아침부터 내리던 비가 아직이었다. 비가 내려주는구나, 하는 생각이 들면서 조금은 울적해지고 조금은 씻겨 내리는 듯한 착잡한 심경이 되었다. 선생님은 밖을 향해 있는 나를 보았을 텐데 모른 척했다.

수업이 끝나자 창가에 가서 비 오는 운동장을 내려다보았다. 텅 빈 채 하염없이 빗줄기를 받아 마시고 있는 넓은 운동장이 처연했다. 그게 비라든가 현우의 빈자리 때문만은 아니라는 걸 내 가슴의 아릿한 통증으로 알 수 있었다. 아무리 일상에 파묻히려 애써도 틈만 나면 제 존재를 알리며 비집고 올라오는 통증이었다.

문득 저쪽 보건실 창가에 현우가 서 있는 걸 발견했다. 학교 건물이 기역 자여서 우리 교실과 보건실은 기역 자로 꺾인 모퉁이를 꼭짓점으로 하여 각각 이등변삼각형의 두 밑각을 이루는 지점에 있었다. 현우는 정물화처럼 꼼짝 않고 운동장을 내려다보고 있었다. 나는 한참 동안 현우를 보고 있다가 문자를 날렸다.


—꿀꿀한데 우리 운동장 두어 바퀴 돌래? 이등변삼각형 꼭짓점 C에서 B를 보며.


꼭짓점 B가 이쪽 C를 향해 고개를 돌렸다. 나는 창을 열고 손을 내밀어 흔들었다. 시원한 빗줄기가 팔을 타고 흘렀다. 꼭짓점 B의

창문이 열렸다. 나는 다시 문자를 보냈다.


—지금 내려간다.


나는 현우의 대답을 듣지 않은 채 창문을 닫고 몸을 돌렸다. 현우를 확실하게 불러내는 방법은 망설일 시간을 주지 않는 것이다.

나는 교복을 입은 채 비 오는 운동장에 섰다. 옷이 다 젖었다 싶을 때, 천천히 달리기 시작했다. 빗줄기가 사정없이 얼굴을 때렸다. 한 바퀴를 돌아오니 현우가 기다리고 있다가 옆에 붙어 달리기 시작했다. 철퍽철퍽, 운동화가 물을 차냈다. 우리는 앞서거니 뒤서거니 하며 말없이 뛰었다. 와와! 함성이 들렸다. 교실에서 아이들이 환호하고 있었다. 이 교실 저 교실에서 창문이 열렸다. 우리는 계속 달렸다. 헉헉, 숨은 찼지만 속은 후련했다. 흘깃 보니 현우는 표정 없이 앞만 보며 뛰고 있었다. 자연스레 둘의 다리가 박자를 맞추고 있었다. 이미 흠뻑 젖었다는 생각에 한껏 자유로워졌다. 머리는 말갛게 비워지고 그저 젖은 발소리만 들렸다. 몇 바퀴나 돌았는지 알 수가 없었다. 숨이 턱까지 차올라 가쁜 숨을 몰아쉬었다. 현우 옷에서 김이 나기 시작했다.

"인마! 미쳤어?"

누가 앞을 막아서는 바람에 우리는 화들짝 멈춰 섰다. 체육 선생님이 우산을 받쳐 들고 서 있었다. 나는 다리가 후들거려 겨우 버티고 섰다. 현우를 돌아보고 씩 웃었더니 현우도 헉헉거리며 빙긋 웃었다.

"이 녀석들, 당장 들어가!"

빗속의 질주는 그렇게 끝났다. 보건실로 가서 젖은 몸을 닦고 있으니 영규가 보건 선생님에게 체육복을 가져다주고는 찡긋하고 갔다. 옷을 갈아입고 나니 보건 선생님이 뜨거운 차를 주었다.

"아주 호사를 하는구나."

체육 선생님의 말은 빈정거리는 투였지만 가시는 없었다.

"부럽네요, 뭐."

보건 선생님이 차를 마시며 웃었다.

"뭐가요?"

"저 애들의 무모함이요."

보건 선생님과 체육 선생님의 핀잔을 들으며 우리는 침대에 나란히 누워 한숨 잤다.

# 용기

시험은 그런대로 쳤다. 창제는 시험이 끝나도 돌아오지 않았다. 수정이도 전처럼 걱정할 거 없어, 하는 말을 하지 않았다.

"창제한테서 한 번 더 전화가 왔는데 조금 더 있다가 가겠다고만 하고 어디서 뭐 하고 있는지는 말하지 않고 끊었어."

창제 어머니는 그렇게 말하며 울먹였다.

"넉 주라니, 너무 오래가는 것 아냐? 자식, 걱정시키네."

연극부원들도 은근히 걱정을 하기 시작했다. 무단결석이 길어지면 정학을 먹을지도 모른다. 메일을 보냈지만 창제는 열어보지도 않고 있다. 제 엄마한테 연락이라도 했으니 안심은 하지만 무슨 생각으로, 어디서 무얼 하고 있는지에 대해서는 걱정이 되는 만큼 또 궁금하기도 했다.

"자식, 뭔 도를 닦는 거야? 돌아오면 한 수 배워야겠어."

나는 그렇게 말하며 걱정을 뿌리쳤다. 이렇게 오래 혼자 견디고 있다면 창제는 지금 아주 중요한 시간을 보내는 중일 거다. 나는 창제가 제 인생 전체를 들여다보고 있을 것 같은 생각이 들었다.


현우는 'Because it was rightful……'로 시작하는 영작을 멋들어지게 해서 칭찬을 받았다. 나는 무엇을 내 인생의 기준으로 잡아야 할지 몰라서 그냥 'free'라고 썼다가 공짜 좋아하는 거냐고 할까 봐 'liberal'로 바꿔 짧게 써내고 때웠다. 그러고 나니 그게 썩 마음에 들었지만 어떤 것이 해방이고 자유인지에 대해서는 또 기준이 필요했다. 그건 다음에 천천히 생각해봐야지.

연극이 이 주밖에 남지 않은 데다가 시험도 끝나서 우리는 매일 야자를 빼먹고 연습에 돌입했다. 학교 전체가 축제 준비로 웅성거렸다.


미키 아버지　미키, 너 요즘 뭐 하고 다니는 거냐? 내내 들떠 보이잖아.

미키　아무것도…….

미키 아버지　명심해라. 너는 꼭 하버드에 가야 해. 그래야 인생이 성공하는 거야.

미키는 고등학생이 되고서도 자신만의 기준을 허용받지 못했다. 선택 따위는 할 필요가 없었다. 언제나 아버지가 선택해주었다. 춤을 추게 되면서 세운 미키의 행동 기준은 아마 자율이었을 것이다. 미키가 유일하게 스스로 선택한 건 춤이었고, 그랬기 때문에 그 희열은 대단했다. 제 인생을 제가 사는 희열……. 그러나 그만큼의 무게에 짓눌려야 했다. 그것은 아버지와 맞서는 것이기 때문이다. 내 안에 어느새 미키가 이입되었는지 집으로 돌아와서 샤워를 해도 뭔가 계속 답답했다.

우리 집의 침묵은 조금씩 가시고 있었다. 몇 마디의 말들이 조금씩 오가기 시작했다. 장근이 형은 여전히 오지 않았고 연락도 되지 않았다.

엄마는 "그만 하고 싶은 게지 뭐." 하고는 더 이상 말하려 하지 않았다. 학원이나 다른 과외 얘기도 꺼내지 않았다. 엄마답지 않다는 생각이 들었지만 나로선 나쁠 것이 없었다. 엄마는 나를 닦달하는 일 자체를 잊어버린 것이다.

"고등학생 때가 얼마나 중요한 줄 아니? 인생의 반, 아니 90퍼센트를 결정짓는다고, 그거 알아? 그러니 이때를 잘 보내야 하는 거야. 내가 고등학교 때 더 열심히 하지 못한 게 정말 후회돼서 하는 말이야."

엄마가 넌더리 나는 잔소리를 할 때는 나도 같이 소리를 지르곤

했다.

"엄마, 나는 내 고교 시절을 사는 거예요, 엄마의 고교 시절이 아니라 내 고교 시절!"

"그게 잘 사는 거니? 어쩌면 그렇게 생각이 없니? 얼마 안 있어 후회할 게 뻔한데 왜 그렇게 시간을 줄줄 흘려버리느냔 말이야."

"걱정 마세요. 후회가 되면 그때 바꿀 거라고요. 그리고 나는 시간을 줄줄 흘리고 있지 않아요."

"한마디도 안 져. 어쩌면 형하고 이렇게 딴판이야?"

"나는 내 인생, 형은 형 인생, 엄마는 엄마 인생. 각자 열심히 살자고요, 네에? 김 여사."

나는 늘 너스레로 마무리했다. 그래야 얼른 끝이 나기 때문이다. 내 딴엔 엄마 눈을 피한다고 해도 엄마는 번번이 내 잘못을 집어내곤 했다. 그러면 더러는 신경질, 더러는 너스레로 때웠다. 그게 피곤해서 나는 최대한 머리를 써서 엄마를 따돌렸다. 그 덕분에 내 머리가 조금은 좋아졌을 것이다.

그러던 엄마가 이제 기운 없이 그저 조용하다. 차라리 잔소리를 하면 대들기라도 해보겠는데, 태산 같던 엄마가 저렇게 맥없이 가여울 때도 있구나.

장근이 형도 이런 우리 집 분위기가 싫었겠지. 이해가 돼. 하지만 전화까지 안 받을 건 뭐야. '이제 그만 하자, 미안하다.' 뭐 이 정도면 될걸. 아, 정말 성격 이상해. 한두 해 보던 사이도 아닌데 말도 없이……. 문자도 씹고 말이야.

'혹시 장근이 형한테 무슨 일 있는 거 아냐?'

도대체 모든 게 왜 이리 어수선해. 나는 머리나 식힐 생각으로 컴퓨터를 켰다.

앗, 'lookatme90'! 창제다. 클릭하고 기다리는 이삼 초 사이 나는 반가움에 혹시 하는 약간의 두려움까지 겹쳐 손을 떨었다.


잘 있지? 이곳 형이 이제 괜찮겠다 싶은지 컴퓨터를 내주네. 사실은 컴퓨터 써도 좋다 한 지 며칠 되었는데 그냥 있었다. 휴대폰이며 메일, 학교, 학원 없이 넉 주 보내고 나니까 나한테 쌓여 있던 독소가 다 빠져나가는 것 같다. 꽤 괜찮은 경험이야.

'네 인생을 네가 주도하라.'

지금 나는 이 말을 화두로 삼고 육체노동을 하며 살고 있다. 막노동 판에 온 건 아니고.

집에서 나와 막막해하다가 여기로 왔는데 이곳 형이 나를 보더니 단박에 '가출했니?' 그러더라. 거기서 한 방 먹었지. 척 보고 아는데, 삶의 연륜이라는 게 무섭더라고. 순순히 그렇다고 했더니 딴 데 가지 말고 있으래. 밥 한 그릇 주고는 그 밤에 부엌 바닥을 세제 풀어 닦으라는 거야. 그런데 그렇게 시키는 게 싫지가 않더라. 다 하고 나니까 낯선 곳에 온 느낌도 없어지고 심신이 피곤해서 밤에 잠도 잘 잤지.

그다음 날엔 화장실 청소, 유리창 닦기, 목욕시키기……. 하루 종일

일을 시키는 거야. 육체노동만 잔뜩 했더니 밤에는 온몸이 무거워서 그대로 곯아떨어졌는데 마음이 가라앉고 비워지는 느낌이 드는 거 있지. 이틀 지나니까 형이 집에 전화하고 더 있으래. 그리고 인터넷, 컴퓨터는 일절 하지 말고 여기 있는 동안은 철저히 혼자 살래. 정말 낮에는 딴생각할 틈도 없이 일하고 밤이 되면 조금씩 나를 생각하게 되더라.

우리 엄마 잔소리, 간섭. 너희들이 아는 것보다 훨씬 심했다. 어려서부터 어지간히 숙달돼서 버티고는 있었지만 갈수록 그 정도가 심해지는 거야. 효과 없는 줄 알면 포기할 만도 한데 그게 안 되나 봐. 엄마 욕심껏 성적이 안 나오니까 아예 나를 송두리째 재단하려는 거야. 정말 더는 참을 수 없었다.

여기서 내내 나를 돌아보며 거기에 대해 생각했어. 생각해보니 연극도 뭔가 탈출구로 한 거지 꼭 그게 좋았던 건 아니더라. 엄마가 하지 말라니까 더 했던 거야. 그걸 나 자신도 몰랐어. 한계선까지 나를 끌고 가선 안 되겠다, 그전에 내 인생의 주도권은 내가 잡아야겠다는 생각이 확실하게 들었다.

도대체 여기가 어디냐고? 사막이다. 하하하.


나의 지식이 독한 회의를 구하지 못하고
내 또한 삶의 애증을 다 짐지지 못하여
병든 나무처럼 생명이 부대낄 때
저 머나먼 아라비아의 사막으로 나는 가자

......

　　그 열렬한 고독 가운데

　　옷자락을 나부끼고 호을로 서면

　　운명처럼 반드시 '나'와 대면케 될지니

　　......

이곳 형이 벽에 붙여 놓은 시인데 바로 내 화두 시가 되었다. 며칠 더 있다가 돌아가려고 한다. 가서 너한테 한 방 안 먹으려고 요만큼만 소식 전한다. 갈 때까지 메일 안 열어볼 생각이다. 면벽 중에 밖에서 부는 바람을 맞고 싶지 않으니까.

유치환의 「생명의 서」, 그 사막에 갔구나. 자식, 그래, 네 인생은 네 인생이고 네 엄마 인생은 네 엄마 인생이지. 다들 네 거 내 거 구분이 안 되나 봐. 어쨌든 안심이다. 기왕 면벽하는 거, 벽 뚫어지도록 보고 와라.

학기말 고사가 끝난 교실은 그렇잖아도 어수선한데 때맞춰 영규가 물고 온 뉴스로 교실이 온통 들썩였다.

예슬이가 일을 저지른 것이다. 얌전해도 다부진 줄은 알았지만 그렇게 용기 있는 애인 줄은 몰랐다. 내가 부끄러울 지경이었다. 현우는 예슬이가 대단하다고 감탄하면서도 선수(先手)를 빼앗긴 것처럼 머쓱해했다.

시험 끝나고 바로 교내 논술대회가 있었다. 대회라기보다는 그냥 전교생이 다 같이 어떤 주제를 놓고 한 편의 논술을 써내는 거였다. 물론 문화상품권이 상으로 걸려 있으니 대회는 대회지만.

입시에 논술이 결정적 요인이 된다 해서 온통 논술에 비상이 걸려 있지만 정작 우리들은 쓰는 거라면 질색이었다. 그러다 보니 시간 때우기 식으로 대강 써내는 아이들이 태반이었다. 주제는 일제 강점기 저항 시인의 시와 모 작가의 조선 시대 선비 정신에 대한 산문을 제시문으로 놓고 참용기에 대해 써보라는 거였다.

예슬이가 이 주제에 학교 급식 문제를 들이댔다. 분명히 학생 전체의 영양과 건강에 중요한 문제인 줄 알면서도 학생이나 학부형들은 괜히 나서서 학업이나 내신에 불리할까 봐, 혹은 귀찮으니까 가만히 있고, 선생님들도 학교 운영자 측에 찍히기 싫거나 성가시니까 맡고 있는 학생들의 건강 따위는 외면하고 있다, 그것이 열악한 식사가 계속 제공되는 원인이다, 배움의 터전인 학교 사회에 과연 용기라는 게 있는가, 학교는 학생들에게 정의와 용기를 심어주고 있는가, 학생들이 학교와 내신 눈치를 보며 뒷공론만 하는 것이 과연 용기 있는 행동이라 할 수 있는가 하는 문제를 던진 것이었다. 그리고 건강에 대한 권리를 당당하게 찾아야 한다, 그것이 용기다,

라는 결론을 이끌어냈다.

그런데 예슬이의 글 솜씨는 누구나 인정하는 터인 데다가 심사를 맡은 손장하 선생님이 예슬이의 논술을 대상으로 뽑아, 그야말로 용기 있는 일이 일어났다. 엊그제 대상 소식에 역시, 하면서 축하한다고 법석을 떨긴 했는데 그게 오늘 아침, 다른 수상작과 함께 게시판에 나붙는 바람에 내용이 알려지고 전교생의 열렬한 지지를 받았다. 소식을 듣고 나도 얼른 내려가 글을 읽었는데 과연 예슬이였다. 명쾌한 문장으로 논리를 폈는데 정말 끝내줬다.

"예슬이도 예슬이지만 이 글에 대상을 준 학교도 대단하지 않아?"

"그러게. 우리 급식이 확 달라지지 않을까?"

"그게 거저 되겠어? 예슬이 말대로 우리가 챙겨야지."

"그래, 우리는 뒤에서 욕이나 했지, 아무 일도 하지 않은 게 사실이잖아. 말하자면 용기가 없었던 거야."

교실에선 예슬이 글이 계속 화제에 올랐다. 그런데 급식에 별다른 변화가 없는 상태로 그 글이 하루 만에 게시판에서 떼어졌다. 결국 대단한 건 예슬이와 손장하 선생님까지고 학교는 아니었던 모양이다. 손장하 선생님이 곤란한 처지에 놓였다는 소문도 들렸다. 7교시 국어 수업에 선생님이 들어오지 않았다.

"6교시 8반 국어 시간에도 안 들어오셨대."

"그 시간에 교장실에 불려가 있었다는 말이 들리던데 아직인가 봐.”

“수업 있는 교사를 불러 가면 어떻게 해? 이것도 문제 아냐?”

교실은 웅성웅성했다.

그 일이 결국 문제를 일으키고 말았다. 그날 저녁 마침 급식이 형편없었고 어디서 시작됐는지 모르게 급식 거부 운동이 일어난 것이었다.

“우리 더 참으면 안 되는 거 아냐?”

“그래, 행동으로 보여주자고. 우리 이제 사료는 안 먹는다.”

수정이가 나가더니 칠판에 크게 썼다.

우리는 사료를 거부한다!
우리에게 제대로 된 밥상을 달라!

거부 분위기가 일어나자 급식판을 받아 들었던 애들도 도로 내놓고 말았다. 다른 반에서도 똑같은 일이 벌어졌다. 아이들이 우르르 한꺼번에 매점으로 몰려서 아수라장이 되고 더러는 분식집이나 중국집에 배달을 시키고 급기야는 아이들이 밥을 못 먹었다며 야자를 안 하고 돌아가는 데까지 치달았다.

정미은 선생님이 올라왔을 때는 이미 반 정도가 돌아간 후였다. 선생님은 화를 내지 않았다. 돌아간 애들 이름을 적게 하지도 않았다. 상황을 보고는 그저 팔짱을 끼고 묵묵히 생각에 잠겼다. 몇몇 아이들이 거기에 힘을 얻어 가방을 쌌다.

　나는 칠판 쪽으로 고개를 돌리는 선생님의 옆얼굴에서 무표정 아래 슬쩍 감추고 있는 미소를 보았다.

　연극부원들은 연습실에 모여 자장면을 시켜 먹었다.

　"어이, 미키. 너 여자친구 정말 잘 됐어."

　폴 역의 상윤이가 젓가락에 자장면을 둘둘 말며 말했다.

　"네가 좀 딸리지 않니? 걱정된다."

　장익현 선배가 아주 염려스럽다는 표정을 익살맞게 지어 보였다.

　"쟤는 사귀는 거 말고 존경하는 것이 적성에 맞는 애예요."

　승우의 말에 나는 긍정도 부정도 않고 빙긋 웃고는 자장면을 말았다. 존경? 기분이 나쁘지 않았다.

　어느새 아이들은 모두 예슬이를 내 여자친구라 했다. 아닌 줄 알면서도 농담으로 그러던 건데 이제 그만 익어버려서 1학년들은 진짜인 줄 알았다. 다 먹고 나니 손장하 선생님이 올라왔다.

　"다 모였니? 그럼, 시작하자."

　"선생님 괜찮으세요? 소문에……."

　"뭐가 잘못됐나?"

　손장하 선생님은 양손을 벌리고 어깨를 으쓱하며 밝게 웃었다. 아이들이 와, 하며 긴장을 풀었다.

　"선생님과 동준이의 여친을 위하여!"

　승우가 들고 있던 생수병을 처들었다. 아이들이 주먹을 내지르

며, "위하여!"라고 했다. 선생님이 나를 보고 찡긋하며 웃길래 나도
슬쩍 웃었다. 예슬이가 친구라는 게 자랑스러웠다. 상윤이 말대로
나는 존경하는 게 적성에 맞나?

'선생님이 예슬이를 감싸 주실 거야.'

혹시나 하는 걱정은 안 해도 될 것 같았다. 예슬이는 현실적이고
도 적절한 논술을 썼고 그게 아주 우수한 글이었을 뿐이다.


존    휠라 고교 팀이 유력 후보야. 작년에도 대단했는데 지금은
       얼마나 더 기술을 보강했는지 알 수가 없어.
맥스    걔들 연습 장면 한번 볼 수 있으면 좋겠다.
미키    무슨 수로 봐?
존    개들과 차별화된 안무가 들어가야 승산이 있는데.
맥스    그러게, 개인기만 가지고 안 되잖아. 몰카로 딱 찍어 와
       서 보면 좋겠는데 말이야.
존    누가 동영상으로 찍어 올 수만 있다면…….
미키    그건 안 돼. 옳지 않아.
맥스    말이 그렇다는 거지. 1등, 1등! 아우, 빌어먹을!


은종이는 1학년인데도 맥스 역을 맡아 열연하여 장 선배의 호평
을 받았다.

"자식, 인물도 되는데 아예 이 길로 나서지그래."

상윤이의 부러운 질투를 받고 은종이가 헤헤거렸다.

"그럴까 해요. 여기저기서 인물이 아깝다고들 해서요."

"하이고, 어린 아그들이 도무지 겸양이라는 걸 모르는데 어찌 가르쳐야 쓸까잉?"

장소리의 콧소리 섞인 사투리에 모두 하하거리는데 상윤이가 심각하게 제안을 했다.

"전에도 말했지만 대본에 우리 커플 키스 씬 하나 넣으면 연극이 확 살 텐데요."

"넣어주면 할 수는 있겠어?"

장 선배가 상윤이보다 더 심각한 표정을 짓고 되물었다. 눈썹 사이로 세로줄까지 애써 세운 표정에 몇몇이 쿡쿡 웃었다. 상윤이는 벌떡 일어서기까지 하며 곧장 대답했다.

"당근이죠, 열연을 해 보이겠습니다."

"어이구, 그럼 한번 넣어볼까?"

"생각 잘하셨습니다. 그럼 넣는 걸로……."

상윤이가 헤벌쭉하다가 장소리에게 머리끝을 붙잡혔다.

"하던 거나 잘해서. 완벽 연기하면 대본에 없어도 하는 수가 있으니까."

장소리가 잡았던 머리를 몇 번 흔들고 휙 밀면서 놓았다. 상윤이가 과장스럽게 바닥에 엎어져서 에구구, 엄살을 부렸다.

"아주 사적인 문제가 있어 보이니 그건 둘이 의논해서 결정하도록."

장 선배 말에 모두 "우우, 잘 해봐." 하며 야유를 보냈다. 손 선생님은 웃음을 참느라 볼이 실룩실룩했다.

"자, 장면 들어간다. 폴, 루이스!"


폴　　루이스! 제발 이 반지를 받아줘.

루이스　　빨리 돌아가! 애들 다 보는 데서 아유, 제정신이야?

폴　　널 사랑해. 천천히 끼어도 좋아. 지금은 받아만 줘.

루이스　　폴! 내가 미쳐, 정말!

폴　　널 사랑한단 말이야, 루이스!


"야, 그 장면에서 기습 키스하고 나가면 딱 되겠네."

승우가 손가락을 딱 부딪치며 말했다.

"그렇지? 너도 그렇게 생각하지?"

상윤이가 반기며 승우에게 바싹 붙었다.

"좋아, 여기서 넣는다. 제대로 하는가 보자."

장 선배가 인심을 크게 썼다.

"장소리 좋겠다."

다들 와하는 가운데 장 선배가 손장하 선생님에게 눈을 찡긋했다. 하긴 뭘 해, 하는 표정이었다.

"내년에 연극부 지원자가 떼로 몰려오겠군."

손장하 선생님이 한마디 거들었다.

다음 날 급식이 좀 나아졌다. 얼마나 갈지 모르겠지만.

급식 거부 사건은 거기서 끝나지 않았다. 'rightful'을 선언한 현우와 급식 거부의 불을 댕긴 예슬이가 중심이 되어 '급식 모니터회'라는 걸 만들었다. 나도 끼었다. 급식에 대한 의견을 꾸준히 모아 급식 회사에 적극적으로 건의하자는 비공식 모임이었다. 자꾸 짖으면 무시할 수 없지 않겠냐, 학교도 계약 조건에 급식의 질을 우선적으로 반영하지 않겠느냐는 생각에서 우리의 목소리를 내자는 것이었다.

# 왜 그랬어?


연극 공연을 이 주일 앞두고 팸플릿이 나왔다.

"우아, 멋지다."

연습 장면과 프로필 사진이 근사하게 나온 걸 보고 모두 전문 연극배우가 된 듯 신났다.

**스프링벅**


희곡   큰빛고교 연극부 〈제1막 제1장〉

연출   장익현

지도교사   손장하

출연

미키…이동준(2학년)

맥스…신은종(1학년)

존…조승우(2학년)

교장…손장하(지도교사)

미키 아버지…김민구(1학년)

폴…황상윤(2학년)

루이스…장소리(2학년)

제프…김건우(1학년)


조명    이재윤(2학년)

음향    장미(1학년)

소품    박상민(1학년)


그 밖에 여러 분

특별 출연   〈오션크루〉


　나는 내 앞으로 받은 스무 장의 팸플릿을 보면서 장근이 형을 생각했다. 장근이 형은 내가 연극하는 것을 관심 있어 하고 대견하게 여겨주었다. 어차피 엄마 아빠한테는 못 보여드리겠지만 공연 때 꼭 오겠다고 한 장근이 형은 초대하고 싶었다. 전화를 안 받을지도 모른다 생각하면서도 주머니에 손을 넣었다. 그런데 배터리가 떨어져 있었다. 집에 가서 할까 하다가 승우 휴대폰을 빌렸다. 번호는 워낙 쉬워서 외우고 있었다. 전화에서는 패닉의 「로시난테」가 흘러나왔다.

난 바람을 맞서고 싶었지, 늙고 병든 너와 단둘이서……

……가자, 가자, 라만차의 풍차를 향해서 달려보자…….

'역시 안 받는군, 이 시간에 수업도 아닐 텐데 정말 무슨 일이 있는 거 아냐?'

……언제고 떨쳐 낼 수 없는 꿈이라면 쏟아지는 폭풍을 거슬러 달리자, 라라라…….

나는 노래를 듣느라고 계속 전화기를 들고 있었다. 이 노래는 가사가 속이 시원하다.

……휘날리는 갈기 날개가 되도록.

갑자기 노래가 끊어지고 목소리가 들렸다.
"여보세요?"

장근이 형이었다. 나는 내가 걸어놓고도 받으니까 뜻밖이어서 얼른 대답을 못했다.

"여보세요? 유장근입니다."

"형, 나야, 동준이."

갑자기 말이 끊어졌다. 전화기 저쪽의 침묵에서 장근이 형의 당황스러움이 느껴졌다. 슬쩍 끼쳐 오는 직감, 그냥 안 오는 게 아니었구나. 장근이 형은 그동안 내 전화를 피한 것이었다. 승우 번호가 뜨니까 나인 줄 모르고 받은 게 분명했다. 나는 '형, 연락도 없이……' 어쩌고 하면서 투정 부리려던 말을 쏙 집어넣어 버렸다. 뭔가가 머리를 휙 스쳤다. 나는 재빨리 영악해져서 건조하고 심각한 말투로 말했다.

"형, 만나서 이야기 좀 해."

"요즘 좀…….""

장근이 형은 허둥대고 있었다. 역시 뭐가 있는 거야, 분명히. 나는 세게 밀어붙였다.

"그래도 시간 좀 내. 모레 토요일 저녁 7시에 형 집 근처로 갈게."

내 말투에 놀라 움찔하는 느낌이 휴대폰을 통해 전해졌다. 잠깐의 침묵 뒤에 장근이 형은 할 수 없다는 듯이 대답했다.

"그럼…… 은행 옆에 있는 아이스크림 집으로 와."

전화를 끊고 나니 긴장이 되었다. 중요한 뭔가가 있다. 그건 아마도…… 형과 관련된 일일 것이다.

나는 숨이 탁 막혔다. 장근이 형이 오지 않는 것에 대해 별말이 없던 엄마의 태도도 이제 생각하니 이상했다. 혹시 장근이 형이 성준이 형의 고민을 알았던 걸까? 그렇다면 엄마도? 나는 다시 형에게 얽혀 들고 있었다.

아빠는 엄마보다 빨리 일상으로 돌아오는 듯했다. 하긴 낮에 엄마가 어쩌고 있는지 아빠가 어떻게 사는지에 대해선 알 수 없었다. 나는 아침 일찍 나가서 늘 밤 11시가 다 되어 집에 돌아왔다. 집에 돌아오면 공기가 전보다는 약간 나았다. 아빠가 거실에서 스포츠 뉴스 같은 것을 보고 있을 때도 있고 엄마가 과일 접시 챙기는 것도 거의 예전처럼 돌아오고 있었다. 단지 웃지 않는 것은 여전했다. 웃을 수가 없겠지. 나는 학교에서 예슬이와 웃기도 하고 연극부 애들과 연기하다가 장난도 치는데 엄마 아빠는 그렇지 않은 것 같았다. 엄마는 외출한 흔적도 별로 없었다. 머리 손질한 티가 안 났다.

아빠가 내 방에 들어와서 한 바퀴 둘러보고는 말했다.

"잘하고 있지?"

"네."

아빠는 이제 내가 눈에 들어오는 모양이었다. 아빠가 내 어깨에 팔을 가볍게 얹었다가 방을 나갔다. 불쌍해……. 아빠의 등은 이제 단단해 보이지 않았다. 형은 엄마뿐 아니라 아빠에게도 자존심이었다. 형을 잃은 아빠의 마음을 어쩌면 나로서는 빙산의 일각만큼도 짐작할 수 없을지 모른다.

　학기말고사도 끝난 데다 축제 준비로 학교는 좀 헐렁해졌다. 축제가 끝나면 곧 여름방학에 들어간다. 점심시간에 복도에서 만난 예슬이는 이번 축제 때 시를 낼 거라고 했다. 문예부는 미술부와 함께 시화전을 준비 중이었다.

　"어떤 시인지는 비밀이야, 전시회장에서 봐. 방학 동안에는 단편 소설 하나 꼭 쓸 거야. 대학교 1학년 때 대학 문학상으로 데뷔하는 게 목표거든. 대학 졸업 전에 신춘문예로 등단하고 말이야. 수상 소감은 벌써 써놓았어."

　예슬이는 다부지게 말했다. 수상 소감을 벌써 써놓았다고? 나는 어이가 없어서 쿡, 하고 웃었다.

　"그거 미리 써놓으면 당선된다는 말이 있거든."

　예슬이는 얼굴에 장난기를 담뿍 담고 웃었다.

　작가가 되겠다는 예슬이에 비해 나는 아직 구체적인 목표가 없다는 생각이 들어 약간 부끄러웠지만 곧 원래의 소신으로 돌아왔다.

　"나는 뭘 할지 천천히 생각해볼 거야, 아직은 한없이 얄팍한 내 인생 경험으로 일생 동안 할 일을 결정짓는다는 건 무리야, 너라면 몰라도 나는."

　"얘, 일생을 두고 뭘 할지는 천천히 생각하더라도 방학 때 뭘 할지는 지금쯤 나와야 하는 거 아니니?"

“방황을 좀 해볼까 해.”

무심결에 방황이란 단어가 툭 튀어나왔다. 마치 오래 생각하고 계획한 것처럼 나와 버렸다. 그런데 뱉고 보니 그건 내게 딱 필요한 말이었다. 그러니까 저절로 튀어나왔겠지. 운명적 단어다.

“오우, 멋지네. 방황! 어느 숲에서 헤매시려고?”

“삶의 본질을 숨겨둔 깊고 깊은 원시의 숲!”

“시인이 나오려나, 철학자가 나오려나, 그 헤매게 될 숲이 궁금해진다. 창제는 사막, 너는 숲.”

예슬이가 환하게 웃었다.

“너 웃는 걸 보니 방황의 고차원성을 좀 아는 것 같다.”

“방황과 혼란, 그게 우리 특권이고 필수 코스 아니니?”

까르르 웃는 예슬이 이마가 참 예쁘구나, 하는 생각이 들었다. 문득 가슴이 뛰려고 하는데 예슬이가 손을 흔들며 자기네 교실로 뛰어갔다. 나는 나도 모르게 가슴에 손을 얹었다. 아, 정말 방학 땐 자전거 여행을 한 일주일쯤 해야겠다. 여기저기 낯선 곳으로. 그리고 숲으로.


나는 아이스크림 집의 구석진 곳에 앉아서 장근이 형을 기다렸다. 안 그러려고 해도 자꾸 긴장이 되었다. 발로 바닥을 툭툭 쳐보기도 하고 노래를 흥얼거려보기도 했지만 결국 나 자신을 속이는 것 같아서 그만두었다. 괜한 짓보다는 차라리 무슨 말을 듣더라도 흔들리지 않도록 마음을 가다듬어두기로 했다. 어떻게든 이유를 알아내야 한다. 분명히 형의 죽음에 대한 실마리가 있을 것이다.

장근이 형은 굳은 얼굴로 나왔다. 그래서 나도 표정을 지운 얼굴로 의례적인 인사말조차 하지 않았다. 장근이 형은 앉고 나서도 입을 다문 채 가만히 있었다.

"형이 죽기 하루 전에 메일이 왔었어. 부끄럽다고."

나는 작심하고 장근이 형 얼굴을 똑바로 보았다. 장근이 형 얼굴이 더욱 굳어지고 눈동자가 흔들렸다. 나를 바로 보지 못했다. 먹히는구나, 나는 애가 탔지만 섣불리 아무 말이나 해선 안 될 거라는 생각에 가만히 있었다. 긴 침묵을 못 견딘 듯 장근이 형이 어렵게 입을 열었다.

"나도 편하지는 않았어. 그 때문에 성준이가 그렇게까지 고통스러워한 줄은 몰랐어. 죽기까지 할 줄은 정말, 정말 몰랐다."

망치로 뒤통수를 얻어맞는다는 게 이런 건가? 나는 뭔가 있을 거라고 짐작은 하고 있었지만 너무 놀라서 잠시 머리를 수습해야 했다. 그 때문에라니? 장근이 형은 짐작이 아니라 완전히 알고 있다는 말인가? 대체 둘 사이에 무슨 일이 있었던 거야? 나는 아무 말이나 튀어나올 것 같아서 입술을 깨물었다. 장근이 형이 나를 보더니 눈 둘 데를 못 찾고 말이 급해졌다.

"내가 잘못하긴 했지만 성준이가 죽은 걸 모두 내 잘못이라고 할 순 없잖아. 싫다는 걸 네 엄마가 억지로 시킨 거라고."

"엄마가 억지로 시켰다고?"

나도 모르게 말이 튀어나왔다. 이게 무슨 말이야? 나는 얼른 다시 입을 다물었다. 장근이 형은 내가 다 알고 왔다고 생각하는 게 틀림없었다.

"사실이 그래, 싫다는 걸 하도 사정하는 바람에……. 내가 미쳤었다. 그러는 게 아니었는데."

무슨 아주 안 좋은 일이 있었구나. 가슴만 쿵쿵 뛰고 도무지 짐작이 가지 않았다. 나는 장근이 형 입만 뚫어지게 보았다. 장근이 형은 나를 외면한 채 더듬거렸다.

"그때…… 성준이는 너무 힘들어했어. 성적은 계속 내리막이고 두통에 시달리고……. 내가 보기에도 너무 딱했어. 시험을 제대로…… 칠 수가 없었어."

탁자에 놓인 장근이 형 손이 미세하게 떨렸다. 나는 머리가 하얘졌다. 시험을 제대로 칠 수가 없었다고? 형은 시험을 아주 잘 쳤는데. 바닥이 핑 돌고 천장이 내려앉는 것 같았다.

"그때 끝까지 거절했어야 했는데…… 나도 너무 괴롭다."

장근이 형은 두 손으로 머리를 받치고 말을 끊었다. 장근이 형 팔이 부르르 떨렸다. 나는 일어서려다가 풀썩 주저앉았다. 다리에 힘을 줄 수 없었다. 장근이 형이 먼저 일어났다.

"난, 이번 학기 마치고 군대에 가려고 해. 나도…… 괴롭고 부끄러워. 미안하다, 동준아."

장근이 형은 쫓기듯 몸을 돌려 밖으로 나갔다. 도대체 무슨 말이야? 어떻게 집에 왔는지 기억도 나지 않았다. "저녁은?", "먹었어요." 누가 묻고 누가 대답했는지도 몰랐다.

나는 침대에 오랫동안 멍하니 앉아 있었다. 시험을 칠 수가 없었다……. 그래서 어쨌다는 말인가? 더 이상 생각을 진행시키기가 두려웠다. 이불을 덮고 누웠다. 잠이라도 들어주었으면……. 눈을 감았다. 한숨 자고 나면 생각이 풀릴 거야. 하지만 뭔가가 머릿속을 제멋대로 헤집고 다녔다. 나는 벌떡 일어나 거실로 나갔다. 하필이면, 아, 정말 하필이면 엄마가 부엌에 있었다. 나는 냉장고에서 냉수를 꺼내 마셨다. 감정을 꼭 누르고 있었는데 나도 모르게 말이 튀어나오고 말았다.

"장근이 형 만났어. 군대 간대."

엄마의 움직임이 딱 멈췄다. 수도꼭지에서 물이 철철 흘렀다. 나는 엄마가 뭐라고 해주길 기다렸다. 그 시간이 얼마나 잔인한지 옆으로 보이는 엄마 얼굴이 하얘지고 입술이 바르르 떨리는 걸로 충분히 알 수 있었다. 엄마는 발을 질질 끌며 소파로 가서 쓰러지듯 앉았다. 나는 수도를 잠그고 엄마를 돌아보았다. 이런 침착함이라니, 나는 나 자신에게 진저리를 쳤다.

"부끄럽고 괴롭대."

나는 웅크러 있는 엄마를 향해 끝장을 볼 듯 다가갔다. 말을 시작하자 위장된 침착함이 우르르 무너져버렸다.

“설마, 설마, 형 대신 장근이 형이…… 그 때문에…….”

생각과 달리 말이 잘 이어지지 않았다. 내가 떨듯이 엄마도 떨었다.

“아빠가 알면…… 동준아.”

엄마는 으으으으, 신음 소리를 냈다. 아빠가 알면, 이라니, 이 무슨 엉뚱한 말인가? 결국 그랬단 말인가? 아빠 몰래? 철벽같이 강한 엄마가 더없이 초라하게 소리도 못 내고 떨면서 울었다. 나는 분노로 가슴이 터질 것 같으면서도 온몸에 힘이 쑥 빠져버렸다. 나는 거기에 맞서기라도 하듯 있는 힘을 다해 울부짖었다.

“왜, 왜 그랬어, 엄마!”

엄마는 방석을 움켜 입을 막고 으으으, 소리를 토해냈다. 울음인지 비명인지 구분도 할 수 없었다. 하지만 나는 내 충격도 감당할 수가 없는 형편이었다. 내 방으로 와서 이불을 거머잡고 숨을 몰아쉬었다.

‘어떻게, 엄마가 어쩌자고 그런…….’

온몸이 떨렸다. 그래서, 그래서 형이 그렇게 괴로워하다가, 부끄러워하다가, 감당 못해 하다가 ……. 아아, 형! 감당 못할 거면 싫다 했어야지. 아니, 당연히 안 된다 했어야지. 이럴 수는 없어!

나는 밤새 앓았다. 혼자서 있는 대로 열을 내며 오한에 떨었다. 다행히 아무도 들여다보지 않았다. 더 많이 아파야 해, 더. 죽도록 아프기라도 해야 이 당혹감과 분노를 잠재울 수 있을 것 같았다.

"그런데 다행히 수능은 잘 봤어. 잘 본 정도가 아니라 아주 뜻밖이었지."

손장하 선생님의 말이 귀에 앵앵거렸다. 형은 힘에 부쳤겠지. '너무' 착한 형이니까. 아니, 이건 착하지 않아도 감당하기 쉽지 않은 일이다.

'사는 게 부끄러워.'

형의 목소리가 들렸다. 부끄러워, 부끄러워. 잠이 들었다 깼다 하면서 밤을 보내고 아침 녘에 깊은 잠이 들었나 보다. 눈을 떴을 때는 햇빛이 방을 가득 채우고 있었고 몸도 좀 나아졌다. 그러나 깨어났다는 걸 인식하자마자 칼날은 또 나를 찢어댔다. 일요일……. 연극 연습, 그래, 연극. 나는 칼날을 피해 연극, 연극 하면서 이불을 걷어찼다. 해야 할 게 있어서 다행이었다.

방문을 살짝 열고 거실로 나오니 섬뜩할 정도로 조용했다. 나는 발소리를 죽이고 화장실로 가서 양치와 세수를 하고 나왔다. 옷을 걸치고 신을 찾아 신었다. 아빠 구두가 아무렇게나 놓여 있었다. 현관문을 살짝 열고 나와 학교로 향했다.

밖의 풍경이 온통 낯설어 보였다. 무엇이든 떠오르는 건 다 머릿속에서 사라졌으면 하는 심정으로 걸었다. 버스도 타지 않고 그냥 걸었는데 어느새 학교에 도착해 있었다. 나는 머리를 흔들고 마음을 가다듬었다. 이거야말로 연극이야, 하는 생각이 들었다. 연극부실로 들어서니 다들 한창 연습 중이었다.

"전화도 안 받고 뭐야?"

초록색 테이프를 붙여 그은 무대선 밖에서 장소리가 대본을 읽고 있다가 작은 소리로 말했다. 장 선배는 나를 힐긋 보고는 연습의 맥을 끊고 싶지 않은 듯 다시 배우들을 보고 있었다. 내가 나오는 장면이었다. 내 대사를 무대 밖에서 장 선배가 했다.


미키, 방에서 스텝을 밟으며 춤을 춘다. 열린 방문으로 아버지가 지나가다가 멈춰 서서 본다. 전화벨 소리. 미키, 몸을 흔들며 전화 받는다.


미키　어, 그래. 정말 한번 보러 갈까? 연습실이 공개되어 있으면 보는 거야 뭐 어때? 응응, 어쨌든 대회에서 1등을 해야, 아니, 아쉬운 대로 입상이라도 하면 연습실 폐쇄는 막을 수 있지 않겠어? 응응, 그래, 본다고 별 수는 없지만 자극은 받을 수 있겠지. 응응, 알았어. 내일 보자.

미키 아버지　무슨 대회 말이냐?

미키　아, 아버지……

미키 아버지　요즘 하는 짓이 수상하다 했다. 뭐 하는 연습실 얘기냐 말이다.

미키　그게 저……

미키 아버지　너 혹시 춤추냐?

미키　……네.

미키 아버지   네가 지금 그런 불량한 놀이나 할 처지냐? 아버지
　　　말을 뭘로 듣는 거야?

미키   불량한 거 아니에요. 브레이크댄스라고요.

미키 아버지   지금이 얼마나 중요한 때인지 알고나 이러고 다
　　　녀? 춤 따위로 낭비할 시간이 어디 있어?

미키   춤 따위가 아니에요. 얼마나 즐거운데요. 공부도 열심히
　　　하고 있다고요.

미키 아버지   춤추는 데 힘 다 빼고 무슨 공부를 열심히 했다는
　　　거야! 당장 그만둬!


"퇴장한 후에는 다음 등장을 위해 긴장하고 있어야 해. 퇴장해
있는 것도 연기의 일부야."

나한테 신경 쓰느라 등장하는 게 급했던 민구에게 장 선배가 호
된 질책을 했다. 공연이 가까워가자 다들 신경이 날카로워져 있었다.

나는 얼른 상황을 살피고 내 장면을 찾아 연기했다. 텅 빈 머릿속
에 대본만 있었다. 나는 전보다 더 연기와 춤에 몰입했다.

# 내 인생의 주도권

"너, 진짜 비보이 해라."

내가 정신없이 춤 연습에 몰두하는 걸 보고 오션크루 애들이 감탄을 했다.

"그러지, 뭐."

내가 퍼석하게 웃었더니 애들이 등짝을 퍽 때리며 같이 웃었다.

"주연급 배우 빼내 왔다는 소리 듣게 생겼네."

땀에 후줄근하게 젖은 채 집으로 돌아오는데 휴대폰이 울렸다. 창제였다.

"어? 창제, 인마, 어디야?"

"집. 너는 어디야?"

"버스."

"그럼, 이쪽에서 내려. 햄버거 가게에서 기다릴게."

"그래."

의자에 앉아 있던 창제는 다짜고짜 나를 끌어안았다. 팔에 힘을 꼭 준 채 한동안 말이 없었다. 벌써 들었구나. 수정이를 만났겠지.

"어째 그런 일이 다 있어? 너 마음 아파서 어쩌냐?"

창제는 눈물이 글썽했다. 나는 창제를 반가워할 새도 없이 입을 다물고 말았다. 뭐라 할 말이 없었다. 괜찮아, 할 수도 없고, 힘들어, 할 수도 없고.

"얼굴이 해쓱하구나. 미안하다. 그런 줄도 모르고 나한테만 빠져 있었네."

"그동안 어디 있었니?"

내가 고개를 들고 묻자 창제가 화들짝하며 분위기를 바꿔야 한다는 걸 눈치 챘다. 순간 미안한 마음이 들었다. 걱정을 거절한 것 같은 상황이 되어버린 것이다. 그래서 얼버무리듯 슬쩍 웃었다.

"형 이야기는 다음에 하자."

창제가 고개를 끄덕였다. 살이 좀 빠져서 그런지 어딘가 낯설어 보였다. 성숙해진 느낌이었다. 나는 일부러 과장스럽게 말했다.

"좀 큰 것 같네?"

창제가 얼른 표정을 바꾸고는 으흐훗 하며 특유의 익살스러운 웃음소리를 냈다. 예전의 창제 모습이 나왔다.

"네 인생을 네가 주도하라. 네 인생의 열매는 네가 맺은 것이라 야 그 맛이 황홀하다. 그 화두로 다섯 주를 살았다."

"그래서 깨쳤니?"

"그래. 주도할 자신을 얻었다. 그동안은 경중경중 엄마와 소모전 만 했지. 서로 진을 빼가며. 한 번도 인생의 황홀한 맛을 못 보고 그 저 얻어먹는 들척지근한 맛만 봤다니까."

갑자기 탁자에 햄버거와 콜라가 담긴 쟁반이 탁, 하고 놓였다. 수 정이였다.

"자릿세는 내고 앉아야 할 거 아냐."

창제가 콜라를 잡고 무슨 명품 음미하듯 지그시 바라보며 말했다.

"도를 깨치고 오니 두 여성이 나에게 너무나 상냥해졌단 말이야. 아빠한테는 정식으로 곤장 열 대를 맞았지만."

"깨친 도나 설파해보시지."

"내 꿈은 내가 꾼다. 그 대신 아주 자―알 꾼다."

수정이가 탁자를 세 번 쳤다.

"인정! 인정! 득도한 것을 인정하노라."

"나머지 득도의 내용은 천천히 수강료 받고 일러주겠다."

"좋아, 인정하지. 그런데 어디서 깨쳤어?"

"사막."

창제가 명쾌하게 말하고 팔짱을 꼈다.

"애가 참 웃겨. 전에 우리 반 단체로 봉사 활동 간 데 있잖아, 치매 노인 요양원. 거기 갔었대. 신통하지 않아?”

“아, 거기였어?”

수정이가 창제 머리를 쓰다듬으며 자리에 앉았다. 창제는 수정이에게 어린애 취급을 받는데도 그저 좋은지 햄버거를 베어 물며 싱글거렸다.

“너는 가출했다 온 거지, 어디 여행 갔다 온 게 아냐. 반성하는 태도를 보여야지, 그렇게 히히거리면 청소년 교육상 두루 안 좋아.”

수정이 핀잔에 창제가 말 잘 듣는 아이처럼 고개를 주억거렸다. 둘은 척척 잘 맞았다.

“내가 다섯 주 동안 거기 밥만 먹고 불량 식품을 못 먹지 않았나? 그랬더니 얼굴도 인스턴트 살이 다 빠지고 이렇게 철학적이 되었지. 근데 세속에 나오니 금방 이렇게 물들고 있다. 역시 사람은 환경이 중요한 거야.”

창제가 햄버거 조각을 마저 털어 넣고는 콜라를 마셨다.

“아, 이 맛, 정말 그리웠다.”

창제가 의자 등받이에 몸을 기대며 허리를 쭉 폈다.

창제 녀석, 부모님께 걱정은 엄청 끼쳤지만 낭비는 아니었네. 자신을 팽개치지 않고 잘 챙겼구나. 내가 빙글거리며 말했다.

“그 철학적 얼굴, 비싸게 치르고 얻은 건데 잘 유지하지 그러니?”

"그렇지? 득도의 얼굴이 순식간에 무너져 내리면 안 되겠지? 수정아, 앞으로 내게 콜라 권하지 마."

"그래, 너는 이제 녹차나 마셔라. 그리고 네 엄마 피 말린 값은 꼭 갚아라."

수정이가 손가락으로 창제 이마를 톡 쳤다.

"진짜, 우리 엄마 얼굴 반쪽 된 거 보고, 쪽팔리지만, 내가 눈물까지 흘려가며 울었다는 거 아니냐? 미웠던 엄마지만 그래도 너무 미안해서…… 아니, 고마워서……."

창제가 쑥스러운지 어색하게 웃었다. 그런데 놀랍게도 눈에 눈물이 어리는 게 아닌가? 눈을 깜빡여 얼른 수습하긴 했지만. 자식, 엄마와 진짜 화해를 했구나.

창제 없는 동안의 학교 일은 할 말도 많았다. 수정이의 일사불란한 보고 중 예슬이의 논술 사건은 단연 최고였다.

급식 모니터 얘기에 창제가 눈을 번쩍했다.

"나, 내일 급식 모니터회 행동 대원으로 바로 가입한다."

하하하, 우리는 유쾌하게 웃었다.

둘과 헤어져 돌아서자마자 거짓말처럼 바로 가슴 밑바닥에 웅크리고 있던 참담함이 비집고 올라왔다. 하하거리다가 혼자가 된 나는 조금 전과는 완전히 다른 사람이 되어 마음 둘 자리를 못 찾아 허둥댔다. 일부러 먼 길을 빙빙 돌았다. 집에 들어가기가, 아니, 엄마를 보기가 두려웠다. 하지만 아무리 천천히 걸어도 결국은 집에

도착하고 말았다. 곧바로 내 방으로 들어갔다.

문소리를 들었는지 엄마가 왔다. 엄마는 방문 손잡이를 잡은 채 들어오지도 나가지도 않고 나를 보고만 있었다. 엄마는 이미 나에게 잔소리할 권리를 잃어버렸다. 엄마로서는 엄청난 대가를 치르고 있는 거였다. 나는 엄마를 보지도 않고 "저녁 먹었어."라고 했다. 엄마가 조용히 나갔다.

고통에 짓눌려 있는 엄마가 가엾기는 했지만 시간이 지날수록 나는 엄마를 더 용서할 수가 없었다. 바른 길, 검증된 길, 지름길을 가라고, 확신에 차서 윽박지르던 그 길 중에 그런 이상한 길도 있었던가? 형의 죽음도 간신히 견디고 있는데, 그것이 자살이었다는 것에도 대책 없이 휘청거리고 있는데, 또 이런 비밀까지 알게 되다니, 나는 어떻게 내 안의 혼란을 수습해야 할지 헝클어진 실타래의 끄트머리가 도무지 보이지 않았다.

나야말로 가출이라도 해서 거세게 항의해야 하는 거 아닌가? 하지만 나는 그럴 기운도 없다. 밖으로 나가서 창제처럼 나를 챙길 여력이 없다. 나는 지금 겨우 버티고 있는 것이다. 더 나쁜 것은 내 항의를 맞받아칠 상대에게 아무런 힘도 없다는 것이다. 엄마는 내가 쏘면 저항 한번 못 하고 바로 쓰러져버릴 것이다. 그러니 내가 무엇을 할 수 있단 말인가? 나는 이불 속에서 베개로 입을 틀어막고 울었다.

형, 끝까지 뻔뻔하게 버티지 왜 그렇게 무너진 거야. 양심도 공부

도 버거웠으면 자진해서 손 놓고 나올 일이지 왜 그런 험한 짓을
해? 형 목숨이 어디 형 혼자만의 거야?

아침에 일어나니 얼굴이 퉁퉁 부어 있었다. 아직 시간이 일렀지
만 세수하고 가방을 챙겨 들고 나섰다.

"밥 먹고 가."

엄마가 부엌에 있다가 내 기척에 신경을 곤두세운 듯 앞을 막아
섰다.

"좀 일찍 가봐야 돼서요. 가서 빵 하나 사 먹을게."

나는 급한 척 움직였다. 눈에 띄게 해쓱해진 엄마 얼굴에 체념의
빛이 어렸다. 나는 냉정하게 외면하고 서둘러 밖으로 나왔다. 엄마
는 뒤에서 또 쓰리게 울겠지. 아빠 몰래.


버스를 타지 않고 걸었다. 세 정거장 걷는 것은 금방이었다. 학
교에 도착하니 교실은 창제를 둘러싸고 온통 난리였다. 원래 말발
이 센 녀석이라 가출을 하고 와서도 기 하나 안 죽고 넙죽넙죽 아이
들의 환영사를 받아먹고 있었다. 방학을 앞둔 0교시 방송 수업은
창제 때문에 웅성웅성 엉망으로, 아니 신나게 진행되었다. 현우가
내 얼굴을 보고 놀란 표정을 지었지만 뭐라고 말하지는 않았다. 나
는 책상에 엎드려 자는 척했다. 아니, 온몸이 무겁고 눈꺼풀이 내려
오면서 진짜로 잠이 왔다.

조례에 들어온 정미은 선생님이 창제의 귀환에 절차가 있어야

하지 않겠느냐고 말을 시작했다. 절차라니, 모두 호기심에 눈을 빛냈다.

"무단결석에 대해서는 학교 측에서 마땅한 처벌이 있을 거다. 각오하고 있지?"

"예."

창제가 큰 소리로 대답했다. 아이들이 킥킥 웃었다.

"네가 개선장군인 줄 아니? 그렇게 씩씩하게 대답할 처지가 아니지."

창제가 표 나게 고개를 푹 꺾었다. 여기저기서 또 웃음이 일었다.

"가출은 학교에서나 집에서나 마땅히 엄한 벌을 받아야 할 큰 잘못이다. 인정하니?"

"예."

"학교에서 주는 벌만으로는 엄청 부족하다. 우리 반의 명예를 훼손하고 친구들을 걱정시켰으니 그 대가로 무슨 벌을 받을래?"

"방학 때까지 화장실 청소하겠습니다."

와, 함성이 터졌다. 그거 갖고 안 되지, 하는 소리도 들렸다.

"좋다. 자진해서 정한 벌이라 좀 약해도 받아주겠다. 그쪽 방면에 자격증을 따온 것 같으니 기대가 크다."

청소 자격증, 와하하 웃기에 딱인 말이다. 눈 감고 엎드려 있던 나는 일어나 이 소동에 끼기로 했다.

"하지만 하나 더 있다."

무슨 획기적으로 재미난 일이 더 있지 않을까, 기대에 찬 눈들이 정미은 선생님의 입술에 집중됐다.

"노인 복지의 실정과 문제점, 개선을 위한 제언을 내용으로 한 편의 논술을 써올 것. 이천 자 안팎으로. 그러면 너의 가출을 수련으로 인정해주겠다. 이건 지난번 논술대회에 빠진 걸 만회도 할 겸 담당 선생님께 부탁해서 받은 과제이다. 어때? 정 힘들면 내가 준비한 영어 논술을 내주고."

"야아, 창제. 어쩌냐?"

창제도 난감한지 멀뚱했다.

"영어 논술 주제는 뭐예요?"

"같다. 영어로 쓰면 된다."

으헉, 창제가 비명을 지르며 쓰러지고, 애들 책상에는 우박 떨어지는 소리가 요란했다. 고개를 드는 창제 얼굴이 말 그대로 벌레 씹은 꼴이었다. 하지만 창제는 순식간에 표정을 원상회복시키고 씩씩하게 대답했다.

"써보겠습니다."

"어느 쪽?"

"대한민국 국어로 쓰겠습니다."

"좋다."

창제의 귀환 절차 합의는 그쯤에서 마무리되었다.

오늘부터 직접 무대에서 연습을 하기로 했다. 강당에 마련된 무대에는 벌써 책상 몇 개와 의자, 나무 등 소품이 준비되어 있었다. 기계실에 조명 담당 재윤이와 음향 담당 장미가 제법 전문가 티를 내며 들떠 있었다. 나무를 여기 놓니, 저기 놓니 하고 있는데 창제가 과자를 한 아름 사 들고 나타났다.

"용서해주십시오."

"미리 입 막을 걸 들고 오네."

"너, 학교 땡땡이치고 돈벌이했니?"

"무슨 벌이든 달게 받겠습니다.

창제가 자진해서 머리를 들이댔다. 부원들이 돌아가며 꿀밤을 한 대씩 먹였다. 과자를 먹으며 시끌벅적하게 한바탕 떠들고 나서 연습을 시작했다.

"창제 너는 소품 옮기는 일이라도 도와라. 음향도 좀 도와주고."

장 선배가 창제 코를 양껏 비틀며 말했다. 창제가 코를 싸쥐었다.

"뭐든 시키십시오."

"으아! 형이 내 조수?"

소품 담당 상민이의 환호와 함께 손장하 선생님이 창제 목에 팔을 감고 한 바퀴 돌았다.

"아이구, 많이 달라졌네. 가출 한 번 더 하고 와라."

아구구! 창제의 비명이 환호에 섞였다.

제프   니들 뭐야, 염탐하러 온 거냐?

미키   아니, 그냥 구경 좀 하러 왔을 뿐이야. 보면 안 돼?

제프   왜 몰래 보느냔 말이야, 기분 나쁘게. 누가 시켰어? (주먹

      이 날아온다.)

맥스   아악, 그게 아냐, 억!

미키   마, 말로 해.

제프   말로 되냐?

# 어른을 용서해라

연극 연습은 막바지에 접어들었다. 배경음악 선정과 음향 편집도 다 마쳤고 발걸음, 보폭, 먼저 나가는 발, 손 흔드는 정도까지 섬세하게 수정해나갔다. 나는 갈수록 연기에 몰입했다. 장 선배로부터 미키 역 안 시켰으면 억울할 뻔했다는 소리까지 들었다.

미키 아버지　기가 막히는구나. 얼굴 꼴 하고는, 이제 싸움까지
　　　하고 다녀?
미키　싸운 거 아니에요. 다른 팀 춤추는 거 보러 갔다가 오해
　　　를 받아서……. 오해 풀고 잘 해결됐어요.
미키 아버지　잘 해결? 춤 당장 그만두라고 했지?

미키  이번 대회에는 꼭 나가게 해주세요. 얼마 안 남았어요.

미키 아버지  내일 학교에 얘기하겠다.

미키  아버지!

미키 아버지  춤 따위에 네 인생을 낭비하지 마라.

미키  저는 춤추는 게 좋아요. 낭비가 아니라고요.

미키 아버지  뭐? 어이가 없구나. 안 하던 말대꾸까지 하고.

미키  춤출 때 내가 정말 살아 있는 것 같아요. 나도 내가 하고
 싶은 거 하며 살고 싶어요.

미키 아버지  너는 하고 싶은 것과 해야 되는 것도 분별이 안 되
 니? 그따위 춤 동아리, 아예 없애달라고 얘기할까?

미키  예? 아버지, 어떻게 그런…….

미키 아버지  이쯤에서 그만둬라. 더 할 말 있니?

미키  ……없어요.


'없어요.' 그 짧은 한마디에서 미키의 절망감이 깊이 느껴졌다. 미키 아버지가 나간 방에 주저앉을 때 나는 으으으, 대본에 없는 신음을 흘렸다. 그리고 문을 걸어 잠그고 미친 듯이 춤을 출 때는 완전히 빠져 들었다.

특별 출연을 해주기로 한 오션크루와 매일 춤 연습을 하고 나면 옷이 흠뻑 젖었다. 극중 댄스 그룹 이름도 오션크루여서 비보이들도 연극의 정식 등장인물처럼 열심이었다. 연극 연습까지 끝내고

나면 나는 늘 녹초가 되어 집으로 갔다.

"아침저녁에 인사 좀 하고 다녀라."

현관문을 열고 들어가 바로 방으로 가려는데 아빠 목소리가 들렸다. 아빠는 소파에 앉아 있었다. 최근 들어 얼굴 보기도 힘들었던 아빠가 일부러 나를 기다린 모양이었다.

"방학이 다 되어가는데 늘 늦게까지 자습하니?"

"예."

나는 간단하게 거짓말을 했다.

"우리 좀 일어서 보자."

아빠에게서 패배의 표정이 스쳤다. 형의 부재를 인정할 수밖에 없는 쓸쓸함이 보였다. 자존심이 사정없이 다친 아빠는 엄마와 마찬가지로 날개 잃은 새였다. 아빠는 한동안 화를 못 참아 쩔쩔매다가, 체념한 듯 엄마를 챙기다가, 다시 며칠씩 굳은 얼굴로 입을 다물고 있기도 했다. 침착하고 냉철한 아빠도 어찌할 바를 모르고 혼란에 빠진 모습을 나에게까지 보이고 있는 것이다.

지금, 아빠가 우리 좀 일어서 보자고 한 말은 자신에게 하는 말이기도 할 것이다. 아마 갈수록 해쓱해지는 엄마와 더 침울해진 내 모습이 눈에 들어왔겠지. 가장으로서 남은 가족을 살려야겠다는 마음이 아빠에게 이 상황을 체념하고 받아들이게 했겠지. 아빠는 권위 의식 못지않게 책임감도 강한 사람이니까.

"이리 와서 앉아라."

나는 군말 없이 아빠 옆에 앉았다. 엄마가 주스를 들고 왔다.

"우리 모두 힘들긴 하지만 이렇게 살 수는 없지 않니? 힘내자, 모두."

아빠의 말은 소리는 컸지만 누가 들어도 어색한 것이었다.

"당신도 외출도 좀 하고 사람들도 만나고 그래."

엄마는 대답 없이 주스를 한 모금 마셨다.

"동준이도 공부 열심히 하고."

나는 예, 라고 짧게 대답했다. 아빠가 내 어깨를 감싸 안았다. 나는 가만히 있었다. 속에 얼음이라도 얼린 듯 싸늘한 마음이 되었다. 그게 전해졌는지, 아빠가 팔에 힘을 주었다가 풀었다.

"시간이 필요하겠지만…… 우리, 억지로라도 애써보자. 피곤해 보이네, 가서 자라."

나는 표정 없이 안녕히 주무세요, 인사하고 방으로 들어왔다. 고맙게도 잠이 쏟아졌다. 춤 덕분이다. 형을 자신들의 자존심에 걸맞게 사육해왔던 엄마 아빠…… 마지막엔 극약 처방까지 한……. 잠에 빠져 들면서 나는 사육, 극약 같은 극단적인 단어들을 떠올렸다. 내 그저 그런 성적에도 엄마가 늘 좋은 대학만 입에 올리더니 그게 다 이유가 있었던 거야.

'흥, 나도 그렇게 대학에 보낼 생각이었나? 해보니 쉬워서?'

석고처럼 굳어서 '죽기까지 할 줄은 정말 몰랐다.'고 하던 장근이 형 얼굴이 떠올랐다. 그러고도 태연히 내게 과외해주러 우리 집에 왔단 말이지……. 엄마도 만나고 나도 만나고……. 아니, 엄마는 그러고도 장근이 형을 또 불러 나에게 붙였단 말이지……. 어떻게……. 그런 엄마 아빠한테 착한 아들이 되고 싶지는 않아…….

창제는 연극 연습에 나와서 부지런히 잡일을 거들었다. 예전처럼 뭐든 신나하고 있었다.

"미키 역 아쉽지 않니? 지금이라도 미키 역 돌려달라면 줄 생각 있어."

나는 일부러 농담이라도 하고 싶었다.

"와서 돌려받으려 했는데 안 되겠더라. 네가 어지간히 잘해야 말이지. 너만큼 할 자신이 도저히 없다. 넌 연극부에 놀러 오는 애였는데 언제 그렇게 컸냐?"

"대타가 히트 친다더니. 동준이가 딱 그 짝이야."

상윤이가 분장한다고 머리에 무스를 바르며 말했다.

"이건 뭐, 내 가출이 숨은 인재 하나를 건져 올린 거잖아. 이런 보람이…….”

"하하, 그건 맞아. 우리도 놀랐다니까."

존 역을 맡은 승우가 거들었다.

"새로운 발견쯤으로 해두지."

내가 어깨를 으쓱하며 말했다. 사실 나도 내가 연기에 이렇게 열정을 쏟게 될 줄은 몰랐다. 춤이야 전부터 소풍 때마다 인기를 끄는

개인기 수준은 되었다. 그런데 요즘은 거의 춤과 연극에 대한 열정으로 버티고 있었다. 창제가 말을 이었다.

“참, 그리고 이제 연극부는 내 사교 생활이야. 목매고 할 과목이 아니야.”

“목맬 과목은 뭔데?”

“나야말로 이제 공부를 할 참이야. 공부해야 할 대상과 이유를 찾았거든.”

“그러니까 무슨 공부?”

상윤이가 다그쳤다.

“아, 일단은 이유부터 들어. 나 김창제는 무지무지 소중한 사람이다 이거야. 잘 키워야 할 재목인 거지. 그러니까 대충 살면 안 된다는 걸 뼈저리게 깨달았어.”

“와, 김창제!”

“이제 진하게 살겠다, 그 말이네.”

“공부할 대상은?”

궁금증을 못 참고 내가 물었다.

“사회복지학. 앞으로 국민 모두가 행복한 사회를 만드는 데 일조를 하겠어. 그게 말이야, 자원 봉사자도 필요하지만 그보다는 전문가가 훨씬 더 필요한 분야더라고. 능률적이고 합리적인 복지 정책이 엄청 많이 부족하다 이거지.”

창제 얼굴에 자신감이 비쳤다. 창제, 길을 찾았구나. 대견해 보여 웃었더니 창제가 정색을 하고 말했다.

"확 끌려오는 게 있었어. 가슴이 뛰고. 이게 내 길이다 싶었어. 열심히 할 거야. 삶의 목표 발견, 이제 나는 진짜로 소중한 사람이라고."

"너를 믿어. 가볍게 마음먹은 게 아니란 걸."

승우가 창제 어깨를 가볍게 안았다.

"참 이상하지? 하고 싶은 게 딱 잡히니까 의욕이 생기고 공부도 하고 싶어져. 목표가 있으니까 되게 잘하고 싶은 거 있지? 복지 선진국에 가서 실질적인 공부도 하고 싶고."

"이렇게 제가 하게 될 걸 그동안 네 엄마가 쓸데없이 끌고 다닌다고 그 하고 싶은 공부도 제대로 못 했지 뭐냐?"

장소리가 '그 하고 싶은 공부'에 잔뜩 힘을 주어 말하자 다들 와하하, 웃었다.

"안타깝지만 그랬던 셈이지."

"비애야, 비애. 대한민국의 비애."


교장　자네가 미키에게 보고 오라고 시켰나?

존　아닙니다. 상대방 하는 거 좀 봤으면 하는 말을 듣고…….

교장　그러니까 자네가 미키한테 보고 오면 좋겠다고 했단 말이지?

존　그건……. 미키는 춤에 열정이 많은 아이입니다. 팀이 해체

될까 봐 걱정을 했습니다.

　교장　내 탓을 하고 싶은 건가?

　존　…….

　교장　자네는 책임을 져야 할 것이다.


　한창 연습 중인데 정미은 선생님이 철가방을 대동하고 왔다. 하지만 장익현 선배는 모른 척인지 진짜 안 보인 건지 눈썹 사이에 세로줄을 세운 채 무대만 보고 있었다. 손장하 선생님도 군말 없이 장 선배의 지도에 따르고 있었다. 마지막 장면까지 마치고서야 우리들은 무대 아래에 서 있는 정 선생님에게 꾸벅 인사를 했다.

　"야, 겁난다. 설마 쉬는 시간도 없는 건 아니지?"

　"없지만 만들어야지요, 정 선생님이 오셨는데."

　손장하 선생님이 아래로 내려가며 너스레를 떨었다. 우리는 철가방이 부려놓고 간 접시들을 보고 함성을 질렀다. 탕수육에 새우볶음, 팔보채, 자장면, 짬뽕 등 푸짐했다. 정미은 선생님이 젓가락을 하나씩 나눠주며 말했다.

　"이거 갖고 되겠나 몰라?"

　"우리 정 선생 월급 축 좀 냈겠는데요."

　손장하 선생님이 함지박처럼 웃으며 젓가락을 비볐다.

　"걱정 말고 드세요. 부양가족도 없는 몸인데 축 좀 낸다고 무슨 일이야 있겠어요?"

잠깐 잊었었네. 미스 정미은, 손 선생님한테 작업 진행하고 있나 어쩌나. 모두들 눈빛이 궁금해 보였다. 두 사람의 밝은 표정으로 보면 성공할 가능성이 꽤 있어 보였다.

"그럼, 계속 부양가족 없기를 바라야 되나 말아야 되나, 원 송구해서."

장 선배가 영 고민이라는 표정으로 탕수육을 집어 먹었다.

"아이고, 덕담은커녕 이렇게 악담만 들어서 내가 아직 이 지경인 것 같아."

연신 웃고 떠들면서도 잘들 먹었다. 그 많은 접시들이 순식간에 비었다. 공연을 일주일 앞두고 우리는 거의 가족 같았다. 손 선생님은 평소 성격과는 정반대의 역인데도 실감 나는 연기를 하는 바람에 이중인격 아니냐는 소리를 들었다.


맥스　춤은 춤 그 자체로 우리의 에너지를 발산하는 거예요. 대
　　　회는 우리의 기량에 순서를 매기기 위해서라기보다 축제이고
　　　놀이예요. 왜 우승 트로피 하나로 우리를 옭아매시는 거예요?
교장　왜 이제 딴소리지? 자신이 없어졌나?
맥스　춤은 우리가 선택한, 우리의 열정을 표현하는 삶의 일부
　　　라는 걸 말씀 드리는 거예요. 과제가 아니고요. 왜 이걸 선생
　　　님과 학교의 과시욕으로 희생시키려 하세요?
교장　지금 희생이라고 했나? 그게 무슨 말도 안 되는 소리인

가? 하겠다고 한 건 자네들이야. 내가 하라고 한 게 아니다.

맥스  우리가 하겠다고 한 건 춤이지 트로피 따는 일이 아니
에요.

존  맥스, 그만둬!

교장  이런, 이런. 춤은 언제든지 그만두어도 돼. 오히려 내가
바라는 바네. 하지만 자네, 나는 이 학교 교장이야. 나에게 예
의를 갖추게.

맥스  …….


교장은 학교 이름을 위해 1등 하라고 다그치지만 아이들이 그 1등
에 얼마나 위기감을 느끼는지 잘 모르고 있었다.

연습이 끝나자 나는 1층 현관 가까이서 예슬이를 기다렸다. 미키
를 연기하면서 미키 아버지에 대한 반감이 엄마 아빠에 대한 반감
으로 연결되어 가슴이 터질 것 같았다. 미키 역 연기는 그 때문에
더 리얼해졌지만 갈수록 끓어오르는 분노는 감당하기 힘들었다.
형이 엄마와 갈등하는 걸 한 번도 본 적이 없는데 나는 어쩌자고 미
키의 대사에 형의 마음을 이입시키고 있는 건지……. 그러다 보니
내 머릿속은 미키와 형으로 뒤죽박죽이 되었다. 예슬이에게라도
풀어놓고 싶었다. 그래서 문자를 보내놓고는 후회가 돼서 취소할
까 어쩔까 하다가 그냥 기다리는 중이었다. 예슬이도 시화전 준비
로 한창 바빴다.

웃으며 나타난 예슬이와 같이 돌계단을 걸어 연못으로 갔다. 높은 가로등 하나가 비추고 있어서 바람에 가볍게 흔들리는 연못 수면은 도시 야경처럼 반짝였다. 긴 의자에 앉았는데 입이 안 떨어졌다.

"아직…… 힘드니?"

"사실은…… 말하기 힘든 건데 나 혼자 견디기가 너무……."

"말해봐, 들어줄게."

"예슬아……."

예슬이가 내 손을 가만히 잡아주었다. 손에서 전해 오는 힘 때문인지 말할 용기가 생겼다.

"형은…… 아무에게도 말하지 마. 형은……."

예슬이가 다음 말을 기다리며 내 눈을 들여다보았다. 걱정 말고 말하라는 눈빛에 오히려 나는 시선을 피하면서 겨우 입을 뗴었다.

"자살……이었어."

나는 그 말을 기어이 입 밖에 내놓고 말았다. 예슬이가 눈을 동그랗게 떴다. 침착한 예슬이도 어지간히 놀란 것 같았다.

"그게 무슨……. 왜?"

하지만 차마 그 이유까지 있는 대로 다 말할 수는 없었다.

"잘 모르겠어. 다만 중, 고등학교 때부터 공부 압박이 심했었나 봐. 어쩌면 대학도 억지로……."

"세상에."

"엄마 아빠가 워낙 넋을 놓고 있어서 물어보지도 못해."

"그렇겠구나."

"형 생각만 하면 돌아버릴 것 같아. 자살인 줄 알고부터는 엄마 아빠 보기가 괴로워."

예슬이가 가만히 한숨을 쉬며 내 손을 꼭 쥐었다.

"형이 나에게 걸핏하면 '네가 부러워.'라고 했거든. 내가 엄마한테 어깃장이라도 놓거나 실컷 놀다 와서 혼이라도 나면 형은 잔소리를 하기는커녕 부럽다고 했어. 그게 무슨 말인지 몰랐는데 이제 알겠어."

이게 뭐야? 눈물이 비어져 나왔다. 마음속 말을 털어놓는데 눈물까지 같이 나올 게 뭐람, 창피하게.

"어떻게 해……. 충격이 컸겠구나."

내 어깨가 떨렸나? 예슬이가 내 어깨에 팔을 둘렀다.

"죽기 전날 보낸 메일에는 사는 게 부끄럽다고…… 그랬어."

나는 감정적이 되는 것 같아 그만 입을 다물었다. 엄마가 억지로 대리 시험을 치게 해서 가책이 심했다는 말까지 하게 될까 봐 두려웠다. 어떻게 그 말을 할 수 있겠는가?

"형은 제 인생을 못 살았어. 난 엄마 아빠를 용서할 수가 없어."

"동준아……."

예슬이의 젖은 눈이 가로등 불빛에 반짝했다. 얘는 남의 일에 잘도 눈물을 글썽거려. 나는 목이 울컥해서 침을 삼켰다.

"동준아, 그러면 네가 너무 힘들잖아. 엄마 아빠를 너무 미워하지 마. 어른들은 우리가 생각하는 만큼 현명하지도 완전하지도 않다는 거 알잖아. 너희 엄마 아빠도 그렇게 이해해줘야 해. 어른을 용서하라는 말을 생각해."

어른을 용서해라. 그건 곧 지학 선생님 사건을 말하는 거였다. 어른이 얼마나 유치한가를 보여준 그 사건. 지금 예슬이는 그 사건을 얘기하며 엄마 아빠도 우리가 용서해야 할 어른이라는 손 선생님의 말을 상기시키고 있었다. 하지만 이 경우는 차원이 다르다.

"형이 죽었잖아."

"그래, 어떻게 비교가 되겠니? 하지만 그 결과가 큰 것이든 작은 것이든 어른들도 완전히 현명하지는 않다는 거지. 네 엄마 아빠도 아들이 죽기를 바라고 그런 것은 아니잖아. 그리고 그 쓰라린 마음도 너보다 클 거고."

똑 부러지는 엄마와 빈틈없는 아빠도 자신의 인생과 아들의 인생을 분간하지 못하는 미숙한 사람인 것은 분명했다. 창제 어머니나 미키 아버지도 자신의 자존심을 위해 아이에게 새벽부터 밤까지 일과를 짜주고는 아이를 위해 헌신하고 있다고 스스로 속고 있기는 마찬가지였다. 돈 벌기 바빠서 정작 제 아이를 내팽개쳐 두고 있는 민구 부모님도 가히 현명한 부모는 아닐 것이다.

아들에게 부정을 저지르게 한 엄마, 그것이 아들의 인생에 도움이 된다고 생각한 것일까? 엄마는 그 짓을 형을 위해서 했을까? 아들이 성인으로서의 인생을 부정으로 시작하게 하다니, 그리고 착하고 순한 아들이 그걸 견딜 수 없어 하리라는 걸 몰랐다니 무슨 엄마가 그래? 나는 강하게 고개를 흔들었다.

"용서할 수 없어."

"그래, 힘들겠지. 시간이 좀 필요하겠다. 하지만 그게 꼭 엄마 아빠의 잘못이라고 할 수도 없어. 엄밀히 말하면 형의 잘못된 선택이야."

대리 시험 얘기를 들으면 예슬이는 뭐라 말할까? 그때도 이렇게 말할까? 나는 발끝으로 흙을 툭툭 파헤쳤다. 짧은 침묵 뒤에 예슬이가 말을 이었다.

"나야말로 오랫동안 우리 엄마 아빠를 용서하지 못했어."

친엄마 얘기구나 싶어 나는 고개를 들었다. 예슬이가 말을 시작하기 전에 먼저 픽 웃었다.

"그렇게 자식 버리고 떠난 엄마도 미웠고, 엄마가 하고 싶은 걸 못하게 했던 아빠도 미웠어. 알잖아, 초등학교 입학해서 엄마가 없으면 얼마나 기죽을 일이 많은지……. 어른들은 나를 엄마 없는 아이로 살게 하다가 결국 새엄마랑 살게 만들었잖아. 그걸 용서할 수가 없었어. 어깃장을 부리고 골라가며 일부러 사고를 치고 그랬어. 중학교 졸업할 때까지."

"몰랐어. 너한테도 그런 반항기가 있었을 줄은."

"새엄마, 알지? 우리 새엄마 좋은 사람인 거. 미워할 수 없는 사람이야. 덕분에 반항은 그만뒀지만 마음속 응어리는 남아 있었어.”

“그랬구나.”

“그런데 웃기잖아. 내가 책 많이 읽는 거, 그거 엄마 닮아서 그렇대. 피는 못 속인다나?”

예슬이가 나를 돌아보며 빙긋 웃었다.

“엄마 만나니까 미움이 풀려?”

“조금은. 미숙했던 거야, 젊었을 때의 우리 엄마 아빠가. 아내의 재능을 막지 말아야 한다는 생각을 전혀 할 줄 몰랐던 아빠와 그런 식으로밖에는 방법을 찾지 못했던 엄마⋯⋯. 아빠가 그랬어. 자기가 잘못했다고. 그때는 아내는 당연히 남편을 내조하고 시키는 대로 해야 하는 건 줄 알았대. 자꾸 뭔가를 하려고 하는 게 남편을 우습게 아는 거라고 생각했대. 엄마도 미안하댔어. 집안일과 남편, 시댁 어른들 일에 맞춰서 하루 종일 방방거리고 사니까 미칠 것 같고 자신을 내리누르는 아빠와 할머니가 너무 이기적이라 생각했대. 다른 지혜로운 방법이 있었을 텐데 그때는 한 생각에만 사로잡혀 그게 안 보였다고.”

“어른이 되어도 사는 건 참 만만치도 않고 자유롭지도 않구나.”

“그런가 봐. 어쨌든 엄마 아빠가 지난날 성숙하지 못해 이혼까지 했다는 솔직한 고백을 듣고는 슬그머니 용서가 되더라.”

“우리도 그럴까? 어른이 되어서도 여전히 미숙할까?”

“죽는 날까지 어리석음이 끝나지 않는 게 사람이래. 새엄마는 살

림하는 걸 좋아하고 집 안 꾸미고 자잘한 일에 정성을 다하는 걸 행복해해. 말썽 피우는 나를 오랫동안 받아줬고. 그러니 아빠와 잘 맞아. 사람마다 저 하고 싶은 게 다르고 그걸 하고 살아야 행복한 거니까 엄마 아빤 이혼하길 잘한 거야. 내가 어른들을 미워한 것도 따지고 보면 나를 불편하게 해서 미워한 거니까 결국 나도 나만 생각한 거잖아. 나 때문에 엄마더러 불행을 견디라고 할 순 없는 거였어. 그걸 이해하니까 나도 더 이상 불행하지 않았어."

예슬이가 살짝 웃었다. 그러는 예슬이가 눈부셔 보였다.

"너는 참 성숙하구나."

"그렇게 아프고도 성숙해지지 못하면 얼마나 억울하니? 난 우리 새엄마가 참 성숙한 사람이라 생각해. 친엄마를 만나도록 아빠를 설득해줬고, 나에게 친엄마가 꼭 나쁘지만은 않았다고 말해줬어. 미더운 아빠와 할머니가 있으니까 나를 두고 갈 수 있지 않았겠냐고."

나는 고개를 끄덕였다.

"엄마가 행복하지 못한 채 그냥 참고 나를 키웠더라면 과연 내가 행복했을까?"

"글쎄."

"아마 아니었을 거야. 마음이 병든 엄마와 함께인데 어떻게 행복했겠어? 그래서 엄마의 선택에 옳다 그르다 판단하지 않기로 했어."

"그래, 네 엄마도 꼭 옳다 생각하고 선택하지는 않았을 거야. 두 갈래 길에서 좀 더 나아 보이는 길을 선택했겠지. 나머지 한 길을 오래오래 바라보면서 아프게 고개를 돌리지 않았을까?"

"그랬을 거야. 두 길을 지치도록 바라보다가 결정했을걸. 두려워하면서 말이야. 그래서 이제 안 미워. 나름대로는 최선을 다한 거라고 생각해."

예슬이가 갑자기 목소리 톤을 한 옥타브 올렸다.

"근데 우리 새엄마 있잖아, 나더러 나중에 프랑스 가서 공부하고 싶으면 하래. '계모가 좋은 옷도 안 사 입고 돈 아껴 유학 보내주면 친엄마인들 그냥이야 있겠니?' 하고 웃는 거야. 정말 속도 좋아."

"야, 계모란 말이 왜 그리 멋지게 들리냐? 하하하."

나는 기분 좋게 웃었다.

"그렇지? 어머, 너무 늦었다. 11시가 넘었어."

"버스가 있을까?"

우리는 허겁지겁 일어나 뛰다시피 나왔다. 둘이 가진 돈을 합하니 택시 값은 되었다. 예슬이가 "잘 견뎌, 동준아." 하며 먼저 내리고 나는 조금 더 갔다. 시간 가는 줄 모르고 이야기한 데서 오는 흡족함이 있었다. 엄마에 대한 분노를 잠시 잊을 수 있을 만큼. 예슬이가 지금 내 가까이에 있다는 게 정말 다행이다.

# 사이프러스 나무

집에 가니 아빠가 거실에 혼자 있었다. 신문을 보는 것도 아니고 TV를 보는 것도 아니고 그냥 앉아 있었다. 내가 들어가자, 아빠는 "왔니?" 하고는 그만이었다. 뭔가 분위기가 이상했다. 갑자기 아빠가 소리를 버럭 질렀다.

"너도 이제 알아서 처신할 때가 됐잖아! 꼭 그렇게 죽을상을 해야만 되겠니?"

내가 놀라 멀뚱하게 보자 아빠가 나를 똑바로 보고 고함을 질렀다.

"너만 힘든 거 아니잖아! 집구석 꼴이 이게 뭐야, 도대체!"

그러고는 형 방으로 들어가 버렸다. 문소리가 쾅 났다. 나는 영

문을 몰라 멍해 있다가 안방 문을 열었다. 아! 가슴이 쿵 내려앉았다. 링거병이 이동식 옷걸이에 달랑거리고 있었다. 휘어져 내린 링거줄은 엄마의 왼팔에 연결되어 있고 숙모가 침대 옆 의자에 앉아 있다가 돌아보았다.

"엄마!"

엄마는 창백한 얼굴로 눈을 감고 있었다. 얼굴에 핏기 하나 없고 살이 다 빠져서 홀쭉했다.

"잠들었어. 수면제를 조금 넣었거든. 통 못 자는 것 같아서. 저녁에 반찬 좀 가지고 왔더니 엄마가 일어나다가 너무 기운이 없어 픽 쓰러지잖아."

나는 엄마에게 다가갔다.

"무슨 염치로 병원엘 가겠느냐고 우겨서 간호사인 내 조카 불러다 영양제 맞혔어. 세상에, 아파서 병원에 가는 게 염치없다니 그게 무슨 억지라니?"

가슴이 바늘에 찔린 듯 예리하게 아팠다. 나는 나도 모르게 가슴을 움켜잡았다. 눈물이 핑 돌면서 뭔가가 목에 걸려 울컥했다.

"너라도 엄마 위로가 좀 되지 않고……. 엄마가 마음 둘 데가 없어서 그런지 영 먹지도 자지도 못하는 것 같던데……."

숙모가 한숨을 쉬었다. 나는 가슴이 아리는 걸 느끼며 엄마를 내려다보았다. 엄마는 지금 지옥에서 살고 있을 것이다.

"아빠가 요즘도 저렇게 소리를 지르시니? 자꾸 화를 내시면 어쩐

다니? 간 애는 간 애고 마음을 추스려야지. 네가 엄마 아빠한테 살갑게 굴고 힘이 되어드려라. 이제 너밖에 없잖니?”

숙모가 내 손등을 잡고 자꾸 쓰다듬었다. 벨 소리가 나서 나가 보니 작은아빠였다. 작은아빠는 현관문을 들어서자마자 물부터 찾았다. 냉수 한 컵을 벌컥벌컥 마시고 나서 안방으로 들어갔다. 내 뒤를 따라 아빠가 안방으로 왔다.

“형님, 이제 모두 수습 좀 합시다. 이러다 형수까지 잃을까 겁납니다. 보는 우리도 힘들어 죽겠네, 정말.”

“아이고, 좀 나가서 이야기해요. 깨겠어요.”

숙모가 숨죽인 소리로 말하며 작은아빠를 밀어냈다. 작은아빠가 안 나가고 버티며 말했다.

“형수님도 안 자면 들으세요. 자식 잃어 힘들고 애통한 줄이야 세상 누가 모르겠어요? 그래도 너무 오래 이러면 안 돼요. 시골에 어머니도 계시고, 동준이도 있잖습니까? 가슴이 미어져도 오늘 사는 건 살아야지요. 제발 이러지 맙시다. 출장 갔다 오면서 형수님 이러고 있단 소리 들으니 정말 확 돌아버리겠더라고요.”

큰 소리에 깰 만도 한데 엄마는 깊이 잠들었는지, 깨고도 가만히 있는 건지 아무 반응이 없었다.

작은아빠는 말은 야단치듯 하면서도 두 눈이 어느새 붉어졌다. 그러다가 눈물을 삼키는지 눈을 끔벅끔벅하며 고개를 돌렸다. 숙모가 작은아빠 등을 떠밀어서 밖으로 내몰았다. 아빠도 묵묵히 따라 나갔다. 아빠는 아까 소리치던 기운은 어디로 갔는지 어깨를 축 늘어뜨리고 소파에 앉았다.

링거를 뽑고 나서 작은아빠와 숙모는 갔다.

"그만 가서 자도록 해라."

아빠는 나를 보지도 않고 건조하게 말하고는 소파에 털썩 앉았다. 나는 묵묵히 내 방으로 왔다. 엄마까지 어떻게 되면 어쩌나, 하는 걱정과 엄마는 더 아파야 해, 하는 생각이 뒤섞였다. 창백하게 누워 있는 엄마 얼굴이 떠오를수록 나는 더 아파야 해, 더 아파야 해, 하는 생각을 머릿속에 마구 집어넣었다. 그랬더니 오히려 내 가슴께가 찍어 누르듯이 아팠다.


"우리 모니터회의 모토가 '행동하는 정의'라며?"

창제가 흥분했다. 급식 모니터들의 노력에도 불구하고 급식이 슬그머니 원래대로 돌아가고 있었다. 다들 몇 마디씩 거드는 걸 현우가 정리했다.

"회원 열두 명을 요일별로 나누어서 그날의 급식을 분석, 평가하는 게 어때? 학생들의 반응과 의견을 덧붙여서 매주 한 번씩 급식 담당 영양사에게 보내는 거야."

"좋아."

"아무래도 어른들이 우리를 우습게 아는 것 같아. 교장 선생님과 면담하고, 회사와 영양사도 직접 방문해서 우리 모임의 힘을 보여줘야겠어."

현우는 종이를 꺼내 항의 방문 계획을 세웠다.

"이 주 후면 방학이니까 자칫하면 흐지부지될 수도 있어. 그러니까 오늘이라도 바로 실행하는 게 좋아."

창제가 바짓가랑이를 걷어붙이며 다가앉았다. 수정이가 푸훗, 웃었다.

"맞아. 3학년들은 방학 때도 급식을 하니까 바로 밀고 나가야 해."

현우가 창제와 손바닥을 부딪쳤다.

"그럼, 우리도 오전 보충 수업 마치고 그냥 갈 게 아니라 3학년들한테 끼어 급식 신청해야겠다."

"그럴까? 모니터회의 존재도 알리고."

"'그럴까'가 아니고 먹어봐야 모니터를 하지."

"좋아. 알아보자."

현우가 결정을 내리고 책상을 두 번 탁탁 쳤다.

"중요한 건 칼로리나 영양소 문제보다 재료의 질과 신선도야. 우리가 거기에 대해 알고 있어야 항의나 면담도 성과를 거둘 수 있다고 봐."

예슬이의 진중한 얘기였다.

"그럼, 어머니 자문 회원 몇 분을 모시는 게 좋지 않을까?"

"맞아. 필요하겠어."

"여러모로 할 일이 많겠다. 우리, 방학 시간을 충분히 활용하자. 개학할 때쯤이면 완전히 자리를 잡도록 말이야."

"좋아. 그럼, 구체적인 진행 계획을 세우자."

창제가 수정이와 함께 1차 방문단을 자청했다.

"급식 모니터회에 제법 힘이 실리는 것 같다."

서로 바라보는 눈길에 뿌듯함이 비쳤다.


연극 연습은 리허설 수준으로 완성되어갔다.

"이제 감정을 살리는 데 바짝 신경 써. 목소리에 마음이 완전히 담기도록 각자 연구를 해. 표정은 물론 손놀림 하나도 다 중요한 연기라는 걸 잊지 말고. 관객이 멀리 있는 것 같아도 배우들의 표정 하나하나가 다 보여. 눈동자 굴리는 것까지도 보인다고."

장 선배가 한 동작이라도 놓칠세라 독수리눈을 번득였다.


미키　나는 정원수 같아요. 아버지가 기르는 정원수, 가지 잘리고 철사에 옭매여 타인이 원하는 대로 자라야 하는 정원수.

미키 아버지　뭐라고? 정원수?

미키　제발 나를 그만 옭아매세요. 나는 팔다리를 펴고 싶어요.

미키 아버지　이런 배은망덕한 녀석! 있는 힘 다해서 밀어주고 있는데 뭐라고? 옭아매지 말라고?

나는 한 팔은 옆구리에 붙이고 한 팔은 어정쩡하게 비스듬히 위로 치켜든 채 반쯤 앉은 자세로 잘 가꾼 정원수처럼 정지 자세를 취했다. 목은 쑥 빼서 치켜든 팔과 반대쪽으로 살짝 틀었다. 미키 아버지는 양팔과 양다리를 다소 꾸부정하게 벌려 놀라는 표정을 몸으로 표현하며 움직임을 멈췄다. 무대 조명이 꺼지고 무대 앞 아래쪽에서 쏘는 조명이 두 사람의 실루엣을 크게 만들어 무대 뒤쪽 벽에 비쳤다. 그림자는 정강이쯤에서, 바닥부터 벽 쪽으로 꺾였다. 거대한, 그러나 슬픈 그림자가 벽에 붙어 있었다.

"야아, 재윤이! 조명 죽인다. 전문가 뺨치는구나."
손장하 선생님이 환호를 했다.
"저 전문가 맞아요."
재윤이가 으쓱대며 눙쳤다.
"실물과 그림자의 환상적인 조화였다!"
어지간해선 칭찬을 않는 장익현 선배가 양팔로 나와 민구를 싸안으며 흔쾌히 만족을 나타냈다.
"정말! 그 정지된 장면에 가슴이 찡한 게……."
장미도 두 손을 가슴에 모아 쥐고 감탄했지만 불행히도 그 환상적인 조화를 민구와 나는 볼 수가 없었다.
배틀 장면은 열정의 무대가 될 것 같았다. 승우와 나, 그리고 오션크루 멤버가 추는 건데, 연극부원들은 물론이고 장 선배와 손 선생님까지도 엄지를 세우고 흡족해했다. 그런데 신기한 건 극 중에서 미키가 아버지 몰래 나가는 배틀이라 춤추는 동안 내가 진짜로 미키인 것처럼 불안했다는 것이다.


　　존　잘했어! 대회 때도 이만큼만 해.
　　미키　이제 해체 걱정은 안 해도 되는 거지?
　　존　아마도. 우리는 최선을 다하고 있잖아.


　　다들 펄쩍 뛰어오르며 환호성을 지른다. 미키 아버지 뛰어나온다. 미키, 얼른 존 뒤에 숨는다.


　　미키 아버지　미키! 그만두라고 했잖아!
　　미키　안 돼. 붙잡히면 모레 대회에 못 나갈지도 몰라.
　　존　미키!


　　미키 달아나고, 존이 뒤따르면 그 뒤를 아버지가 쫓아가며 모두 퇴장하고 이어서 미키와 존이 뛰어나와 뒤를 보며 뛴다. 미키, 넘어진다. 존이 일으켜 세우고 미키, 다리 다쳐서 비명. 존이 미키를 부축하여 퇴장한다.


연습이 끝나고 창제랑 본관 쪽으로 갔더니 현관에 예슬이가 막 내려오고 있었다.

"어? 네 작품 보러 올라가는 중인데……."

나보다 창제가 더 반겼다.

"제대로 전시해놓은 걸 봐야지 제자리에 걸리지도 않은 걸 보면 같은 시라도 맛이 나겠니?"

"아, 그렇구나. 그럼 단장 마친 다음에 볼게. 내가 네 팬 아니냐? 팬클럽이 생긴다면 수정이 밴드 팬클럽은 안 들어도 네 독자 팬클럽엔 든다. 자, 나는 올라간다."

창제는 밴드 연습실을 향해 계단을 두 칸씩 뛰어 올라갔다. 창제는 수정이와 커플이 되기 위해 그렇게 안간힘을 쓸 때도 밴드부에 들어갈 생각은 하지 않았다. 악기 같은 데는 전혀 취미도 재능도 없는 아이긴 했다. 게다가 보기와는 다르게 헤비메탈 같은 건 듣기가 괴롭다고 했다. 수정이와 그 부분은 전혀 맞지 않는데도 둘은 일단 커플이 되니까 각자의 취미를 건드리지 않고 잘 지냈다.

"남성 사회복지 전문가와 여성 드러머, 참 따로 놀 것 같지 않니?"

창제가 계단참을 돌아 사라지자 예슬이가 나를 향해 돌아서며 말했다.

"따로, 또 함께. 이상적이지."

내가 걸어 내려가며 말했다.

"호호, 그래. 쟤들은 서로에게 그늘을 지우지 않을 것 같아."

"그늘?"

"그래, 성장에 필요한 햇빛을 막는 그늘 말이야. 우리 아빠가 엄마에게 드리웠던 그늘."

"으응."

그늘, 뭔가 의미심장한 말이 나올 것 같은 조짐이었다. 예슬이가 앞장서 걸으며 말했다.

"너, 사이프러스 나무 묘목 심을 때 어떻게 심는지 아니?"

"글쎄, 어떻게 심는데?"

"그게 엄청 크게 자라는 나무거든. 훗날 나무가 완전히 자랐을 때 그 그림자가 옆의 나무에 그늘을 지우지 않을 만큼 어린 묘목 때부터 뚝 떼어서 심는대."

"나란히 자라면서도 끝까지 서로의 성장에 지장이 안 가도록 말이지?"

"응, 부부나 친구도 그래야 한대. 옆에 붙잡아 놓고 못 크게 하지 말라는 거지. 그걸 우리 아빠가 진작에 알았더라면 내가 겨우 열 살 때부터 그 힘든 반항의 시기를 보내지 않아도 됐을지도 몰라. 창제나 수정이는 벌써 알아차린 것 같은데."

"그렇다면 시작부터 대단한 커플인데?"

창제와 수정이 이야기를 하며 걷다 보니 금세 버스 정거장에 도착했다. 지금이 아주 좋은 때인 것 같았다. 그 말을 슬쩍 흘리기에 아주 적절한. 잠시 망설였지만 용기를 냈다. 후회를 겁내지 말자.

"손장하 선생님이 나보고 그러더라, 재주도 좋다고."

“무슨 재주?”

“재주도 좋아, 예슬이를 여자친구로 삼다니.”

나는 에라 모르겠다, 하고 손 선생님 말을 그대로 흉내 냈다. 하고 보니 좀 우스웠다. 아, 이렇게 넘어가면 안 되는데. 예슬이가 아무 말이 없었다. 오 초, 십 초. 나는 좀 쪽팔리기 시작했다. 예슬이가 탈 버스가 속도를 줄이며 다가왔다. 예슬이가 나를 보지도 않고 말했다.

“우리, 여름방학 동안 서로에게 사이프러스 나무가 될 수 있는지 한번 생각해볼래?”

“응?”

미처 되묻기도 전에 예슬이가 버스에 냉큼 올라탔다. 나는 버스 뒤꽁무니를 보고 있다가 “아자!” 하고 소리를 질렀다. 다행히 버스 정거장에는 아무도 없었다.


집에는 외할머니가 와 계셨다. 주무시고 갈 차림새였다.

“네 아빠가 출장 중이라 엄마 혼자 두기가 마음이 안 놓여서 말이다.”

낮에는 수시로 이모나 외할머니가 왔다 가는 모양이었다.

나는 예슬이 때문에 기분이 꽤 좋았다가도 집에 들어서면 자동으로 얼음처럼 돌변했다. 장근이 형을 만나고 온 그날부터 지금까지 그렇다. 예슬이가 어른을 용서하라고 한 것에 공감하면서도 마음은 그러지를 못했다.

"아이고, 이 집에 성한 사람은 그래도 너 하나뿐이로구나. 늦게까지 공부하다 왔어?"

"예, 할머니."

"그래, 뭐 좀 줄까? 과일?"

"아니, 됐어요."

나는 주스를 꺼내 따라 마셨다. 그래도 외할머니는 물방울이 맺힌 포도를 접시에 담았다.

"이렇게 학교 잘 다녀줘서 정말 고맙다."

외할머니는 내 등을 툭툭 쳤다.

"네 엄마는 기운 차리나 싶어 마음을 놓았더니 도로 저 모양이고…… . 입이 써서 도무지 뭘 먹을 수가 없다니 기가 막힌다."

외할머니가 길게 한숨을 쉬었다. 나는 외할머니 보는 데서 포도 한 송이를 다 먹었다. 외할머니는 형이 첫 손자라서 거의 도맡아 키우다시피 했다고 한다. 엄마가 직장을 나가거나 한 건 아니지만 외할머니는 그저 손자가 좋아서 자주 들락날락하며 예뻐했다는 것이다. 물론 나에게도 각별히 잘 해주셨다.

나는 포도 한 접시 다 비우는 걸로 할머니를 충분히 기쁘게 할 수 있다는 걸 알고 있었다. 그리고 엄마 방에 가서 인사를 하는 것은 더 기쁘게 해드리는 일이라는 것도.

엄마는 침대에 앉아 등받이 베개에 몸을 기대고 있었다. 기력이 하나도 남지 않은 사람처럼 눈빛도 멍해 보였다.

"다녀왔어요."

"그래……."

엄마도 그 말만 하고는 시선을 거두었다. 나는 잠깐 서 있다가 나왔다. 외할머니가 죽을 들고 들어갔다.

"아이고, 동준이 녀석을 봐서라도 마음 단단히 먹어야지."

등 뒤로 외할머니 말을 들으며 내 방으로 왔다. 장근이 형한테서 메일이 와 있었다.


여전히 힘들지?

그동안 산 게 부끄럽고 후회스러워. 내 삶에 올바른 기준을 세워놓지도 못하고 지금까지 성적 내기에만 몰두하며, 그렇게 하면 되는 줄 알고 살아왔어. 알량한 학교 성적만 가지고 남보다 잘났다는 가당찮은 우월감만 잔뜩 지녔던 것 같다. 옳고 그른 것도 구별 못하고…….

'그래, 도와주는 거야.'라고 합리화하면서 한 발짝씩 걸음을 떼다 보니 문득 양심의 벼랑 끝이었다. 스스로 변명하느라 괜찮아, 괜찮아, 하다가 정말 괜찮은 걸로 착각하고는 너희 집에 계속 갔던 것도 이제 생각하니 얼마나 가증스러운지. 나를 패대기치고 싶다.

의사가 되겠다는 놈이 생명을 잃게 하는 데 먼저 관여하다니 얼마나 어리석었던가? 이런 내가 의사가 된다 한들 나와 남 모두에게 뭐가 유익하겠나 싶다. 아마 나는 이번 잘못을 평생 잊지 못할 거야. 그리고 잊지 않으려고 해.

네가 무너지지 않으면 좋겠다. 어머니를 너무 미워하지 마. 학벌과 경쟁, 우리 사회가 그렇게 몰아붙이기도 한 거야. 어머니는 아들을 잃은 것만으로도 엄청난 대가를 치르고 계시잖니?

연극 공연하겠네. 다른 아이한테서 너희 학교 축제 소식 들었어. 그때 가볼게. 네가 연극하는 거 보기만 하고 그냥 갈게. 어떻게 다시 너를 보겠니?

그때도 얘기했지만, 나는 7월 중에 군대에 갈 거야. 가서, 가던 길 멈추고 뒤돌아도 보고 앞으로 갈 길도 보고. 무엇보다 온몸으로 힘껏 움직이고 머리는 좀 비워보려고 해. 다시 한 번 미안하다.


내 앞에서 당혹스럽게 시선을 돌리던 장근이 형의 모습이 떠올랐다. 나한테 미안하다고 할 일은 아니지. 하지만 아닌 건 아닌 거야. 그건 범죄였다고. 나는 컴퓨터를 끄고 이불을 뒤집어썼다.


연극 연습은 점점 수준으로 들어갔다. 내일 저녁과 모레 아침, 분장까지 완벽하게 해서 리허설을 두 번 하고 무대에 올리게 된다.

옷은 우리 학교 교복과 구별이 되게 교복 바지에 윗도리만 흰 셔츠, 자주색 넥타이에 자주색 카디건으로 바꿔 입기로 했다. 엄격한 명문 고교생답게 모두 단정하게 이발도 했다. 조명이 배우의 움직임을 능숙하게 따라잡았다.

미키 아버지  존인가 뭔가 당장 이리 나와! 우리 미키 찾아내!
  며칠째 집에도 안 들어왔다고요.
교장  고정하십시오.
미키 아버지  학교가 이래도 되는 겁니까? 아이들이 이따위로
  하도록 내버려 둬도 되는 겁니까?
맥스  미키는 춤출 때 가장 행복하다고 했어요!
폴  그래요, 정말 하고 싶은 걸 찾았다고 했어요!
미키 아버지  너희들이 뭘 알아? 뭘 안다고 나서?
미키  (목소리) 아버지 소원대로 이제 춤 못 추게 돼서 기쁘시겠어요!

오른쪽 다리에 온통 깁스를 한 미키, 목발을 짚은 채 존의 부축을 받고
등장한다.

미키 아버지  미키!
미키  다리라도 부러뜨리고 싶으셨지요? 이제 좋으세요?
미키 아버지  미키! 으흐흐흑!

미키 아버지 역의 민구는 절규하며 두 손을 부르르 떨었다. 연습
이 끝나고 손 선생님이 민구를 끌어안았다. 소심하고 말이 없는 민
구가 연기할 때는 전혀 그렇지 않았다.

"민구 대단했다. 아니, 어디서 그런 감정이 나온 거야?"

"정말, 공연이 가까워져오니까 얘가 민구인지 미키 친아버지인지 구별이 안 된다."

상윤이 말에 모두 와하하 웃었다.

"나는 처음에 이 배역이 그저 딱딱하고 고집스러운 역이라고 생각했는데 뒤의 이 장면에 오니까, 뭐랄까? 한순간에 모든 게 잘못되었다는 걸 깨달아버리는 충격을 느꼈어요. 미키 아버지도 그랬을 것 같아요. 미키가 자신을 떠난 걸 안 순간에 그걸 깨달았겠지요. 그래서 그 돌이킬 수 없는 회한이 저절로 감정에 실렸어요."

"오우, 배역과 배우의 완벽한 일치!"

승우가 두 손을 들고 연기하듯 말했다.

"민구가 이렇게 말을 잘하는 녀석이었나?"

장 선배의 감탄이었다.

"하지만 미키 아버지는 자기의 잘못이라 생각지 않고 학교와 존에게 원인이 있다며 진상 규명과 처벌을 요청했잖아."

장소리가 이의를 제기하면서 간식 시간에 엉뚱한 토론이 벌어졌다.

"저는 그 순간을 말한 거예요. 그리고 그게 미키 아버지 내면의 진실일 거라고 생각해요. 나중에는 원래의 냉혹한 성격으로 돌아와 존에게 책임 추궁을 하지만 그것도 일종의, 책임을 누군가에게 씌움으로써 스스로 죄의식에서 벗어나려고 하는 방어 본능 아닐까요? 내 탓이 아니라고 생각하면 좀 견디기 쉬운 거 있잖아요."

"그래, 그럴 수 있겠구나."

"배역에 대한 심도 있는 재해석이로군."

손 선생님이 턱의 수염 자국을 쓰다듬으며 말했다.

"맞아, 내가 아들을 그렇게 만들었다 생각하면 얼마나 돌아버리 겠어? 논리 이전에 본능적 방어라는 게 사람 심리 속에 있다고 하더라. 누군가에게 화를 냄으로써 자신은 심리적으로 그 책임에서 벗어나려는 거지."

장 선배 말에 승우가 고개를 끄덕였다.

"우리가 민구한테 많이 배워야겠다."

손 선생님이 주스를 한 잔 건네며 민구 어깨에 팔을 둘렀다.

"미키 아버지 역을 몇 달간 하다 보니 그렇게 되네요."

민구가 어느새 본래의 왕소심으로 돌아가 얼굴을 붉혔다.


엄마는 퀭한 얼굴로 그림자처럼 움직였다. 마치 힘껏 달리다가 절벽 아래에 떨어져버린 것 같았다. 형이 풀 맛을 볼 겨를도 없이 무작정 끌려 달리다가 벼랑에 굴러 떨어지는 것을 두 눈으로 똑바로 목격해버리고 만 엄마. 아들과 아들 또래의 장근이 형을 상대로 그런 일까지 벌이도록 엄마를 몰아붙인 게 뭐였을까? 무엇이 엄마를 멈추지 못하게 한 걸까? 나는 엄마와 눈이 마주치지 않으려고 애썼다. 요즘 들어 아빠가 엄마를 챙기고 다독이는 게 느껴졌다.

책상에 앉아 잠깐 쉬고 있는데 아빠가 들어왔다.

“무슨 다른 문제 있니?”

“아니요.”

“엄마 아빠랑 얘기도 안 하려는 것 같아서.”

“…….”

“엄마도 그렇고 너도…… 무슨 다른 일 있는 거 아니지?”

“……예.”

아빠가 침대에 걸터앉았다.

“아빠도 많이 힘들다. 살면서 이렇게 바닥으로 떨어져보기는 처음이다. 부정도 해보고 화도 내보고 술도 마셔봤지만 어쩔 수가 없더라. 이 상황을 받아들이는 수밖에는. 네 엄마는 너하고 나하고는 또 다를 거다. 낳아서 지금까지 있는 공, 없는 공 다 들여서 키웠으니 오죽하겠니? 형 일은 아직까지 이해도 납득도 안 되고, 내가 뭘 잘못했는지도 잘 모르겠다. 그거 생각하면 지금도 머리가 뒤집어질 것 같다. 하지만 우선은 엄마와 너를 챙겨야겠다는 생각만으로 그 모든 걸 일단 가슴에 넣어두기로 했다.”

나는 아빠가 가엾다는 생각을 잠시 했지만 한쪽으로는 반발심이 치밀고 올라왔다. 어른은 아이를 거쳐 어른이 되었으면서도 아이들의 마음을 그렇게 모를까? 어른에게도 어린 시절이 있었음을 알 수 있는 건 ‘내가 학교 다닐 때에는……’ 하고 말할 때뿐이다.

“형은 내가 부럽다고 했어요.”

“뭐?”

“내가 공부도 못하고 걸핏하면 야단이나 맞는데도 형은 야단맞을 짓을 하고 다니는 내가 부럽다고 했어요.”

“그게 무슨 말이냐?”

“…….”

나는 입을 꾹 다물었다. 더 무슨 말을 하겠는가? 아빠는 내 굳은 표정에 멈칫하다가 말했다.

“뭐, 하여간 너도 힘들겠지만 엄마한테 신경 좀 써다오. 너는 그래도 학교생활이라는 게 있고 친구들도 있으니 좀 낫잖아. 엄마는 저렇게 꼼짝 않고 있으니……. 우리, 일단은 서로를 살리도록 하자.”

아빠가 내 어깨를 쓰다듬고 나갔다. 나는 아빠가 말한 ‘내가 뭘 잘못했는지 잘 모르겠다.’는 말을 곱씹어보았다. 아빠는 자신이 뭔가 잘못했다고 인정하는 걸까? 아니면 이유를 모르니까 그저 혹시 무슨 잘못이 있었나 정도로 생각하는 걸까? 아빠는 나를 부럽다고 한 형의 말을 마음에 담고 갔을까? 나는 책상을 치우고 그 위에 연극 팸플릿을 얹어두었다.

# 절망이 아니어야 한다

축제가 시작되었다. 연극 공연은 내일 저녁이다. 나는 리허설 전에 창제와 같이 얼른 시화전 전시장으로 갔다. 예슬이에게 학교 앞에서 사 들고 간 꽃다발을 내밀었다. 환하게 웃으며 안개꽃 속에 얼굴을 묻는 예슬이를 보고 문예반 아이들이 우우, 했지만 나는 쑥스럽지도 부끄럽지도 않았다. 여름방학을 보내고 나면 우리는 사이프러스 나무가 될 것이다. 되게 할 것이다. 어깨에 힘주지 못할 이유가 없었다.

"네 시는 어딨어?"

예슬이가 턱으로 한쪽을 가리켰다. 무채색 톤의 바위와 바다를 배경으로 한 시화가 눈에 들어왔다. 흠흠, 창제가 목을 가다듬더니 소리 내어 시를 읽었다.


저녁바다

김예슬


그대는 지금 젖어 있을 뿐이다.


그러나 손가락 끝에서 일렁이기 시작하여
심장 밑으로 들어서는 차가운 기운


낮은 물결을 차고 솟아오르는 물새


이리저리 거스르는 물거품들이
포말마다 상처가 되어 저려오는데
누가 그대 흐름을 알 수 있겠는가


지금 잠겨 있는 것은 절망이 아니다.


잠시 드러누운 캄캄함을 밀어내며
목숨처럼 둥글게 돌아
기슭에 부딪쳐 오는 모든 것을 더듬어나가리라.

바람이 몰아오던 물굽이가 하늘에 이르면

문득,

순간에서 영원으로 이어지는 시간과 거리.


수백, 수천, 수만의 언어들이 끝없이 솟아올라

다시 부서지고 모여들기를 반복하며

이끼 긴 세월을 다스려가고 있다.


"우리 김예슬 시인, 어때? 내 낭송."

"좋아. 고마워. 소리 내어 읽어준 첫 손님이야."

"앗, 동준이가 읽게 놔둘 걸 그랬나?"

뒤에서 문예반 아이들 웃음소리가 터졌다. 얼굴이 붉어지는 걸 얼버무릴 겸 팔로 창제 목을 휘감았다. 나는 단박에 시가 마음에 들었다. 뭐라 말할 수는 없지만 속으로 스며들어 오는 어떤 느낌이 있었다.

"음, 잘 썼네. 우선 내가 알아들을 수 있게 써서 좋다."

"후훗, 계속해봐."

예슬이가 웃으며 말했다.

"단어들은 몹시 아픈데 담고 있는 내용은 강인한 것 같다. 포말마다 상처가 되어…… 캄캄함을 밀어내어…… 기슭에 부딪쳐 오는 모든 것을 더듬어나가리라. 아픔은 깊지만 그만큼 상당히 의지적이다. 꼭 너를 보는 것 같아. 하긴 시는 곧 시인이라고 하더라만."

"너, 시 읽는 게 제법이다."

"우리말인데, 그럼. 혹시 네가 말하고 싶은 게 따로 있니?"

"시는 그냥 너에게 읽히는 대로 읽으면 돼."

"읽히는 대로라……. 시험에 나오는 시도 그렇게 읽으라고 하면 얼마나 좋아?"

"예슬이 시만 시 아니거든요. 다른 시도 좀 봐주세요."

뒤에서 누가 말하는 걸 듣고 우리는 아, 하고 머쓱해하며 다른 작품들로 눈을 돌렸다. 창제는 좀 전에 투정을 한 아이의 시를 찾아 소리 내어 읽고는 "대단한 시야." 하며 호평을 아끼지 않았다. 영 모르고 하는, 그저 빈말만은 아닌 것 같았다. 사실 나도 시에 특별한 관심은 없지만 대부분의 시들이 읽기에 괜찮게 느껴졌다. 예슬이 때문인가? 문학이란 게 친근하고 익숙한 느낌이었다. 우리는 주스 한 잔 얻어 마시고 서둘러 강당으로 갔다.

무대는 개봉 박두의 분위기로 한껏 열기가 올라 있었다. 손장하 선생님은 고집스럽게 보이기 위해 배에 두꺼운 천을 감고 양복을 입었다. 장 선배의 연출이었는데 한껏 나온 배는 콧수염과 어울려 그럴 듯도 하고 평소 선생님의 이미지를 생각하면 관객의 웃음을 자아내기에 충분한 분장이었다. 손 선생님의 출연 자체가 인기를 끌기도 할 것이다.

지금 잠겨 있는 것은 절망이 아니다. 나는 종희 선배가 해주는 분장을 받으며 시 한 구절을 '절망이 아니어야 한다.'로 바꿔 되뇌었다. 절망이 아니어야 한다, 절대로 절망이 아니어야 한다.

엄마가 생각났다. 지금도 파리한 얼굴로 돌이킬 수 없는 일을 자책하며 절망에 빠져 있겠지. 나에게 눈도 못 맞추고, 말 한마디도 제대로 못 하고 있다. 그래서 죽도 못 넘기며 상처에 상처를 덧입히고 있겠지. 나는 무슨 권리로 벼랑에 굴러 떨어진 엄마를 물속까지 떠다밀고 있는가? 가슴이 쓰려왔다. 뜨거워지려는 눈을 꼭 감으며 속으로 외쳤다.

'아니야, 엄마는 부정을 저지른 거야. 형을 이리저리 몰아붙이다가 결국은 벼랑에 뛰어들게 한 거야. 엄마를 용서하면 안 돼!'

"얘, 눈 떠."

종희 선배가 화장용 붓을 들고 나를 보고 있었다. 나는 당황하여 얼른 표정을 수습했다. 다들 분장을 한 덕분에 무대는 실전 분위기가 났다. 리허설이 시작됐다.


미키  선생님! 우린 정말 열심히 했어요.

교장  됐다. 그만 해라.

미키  존은 잘못 없어요. 선생님이 1등 하지 않으면 팀을 해체
　　　시킨다고 하셨잖아요?

교장  그, 그건…… 열심히 하라는 거였지.

존  우리는 해체될까 봐 두려웠어요.

교장  그만 하라고 했다.

맥스  우리는 그냥 춤을 즐겼을 뿐이에요. 꼭 1등 하려고 한 건
    아니란 말이에요.

교장  그만 돌아가!

존  왜 꼭 1등이어야 해요? 그래서 이제 해체시키실 건가요?

미키  존, 나 없이도 대회에 나가. 우린 처음부터 1등이 목표가
    아니었잖아.

교장  미키!

맥스  그래요. 우린 대회에 나갈 거예요. 입상 못 해도 좋아요.
    그동안 연습한 걸 선보일 거예요! 연습실 뺏으려면 뺏으세요!

교장  다들 왜 이래!


열연을 펼치는 손 선생님의 목에 핏대가 섰다. 은종이도 얼굴이
발갛게 상기되었다. 호흡이 척척 맞았다.

끝나고 나서 손 선생님이 목을 쓰다듬으며 말했다.

"어째 내가 진짜 교장이 된 것 같다. 연극이 끝나면 이사장이 교
장에 맞춤이라고 발령 낼지도 모르겠어."

모두 와하하 웃음을 터뜨렸다. 장소리가 상윤이 등을 두드리며
까르르 웃었다. 이제 둘이 그러는 게 아주 자연스러워졌다.

"그야말로 이게 선생님의 출세작이 되겠군요."

장 선배가 한마디 더 하자 또 한바탕 폭소가 터졌다.

"우리 급식, 제발 좋은 회사하고 계약해주세요."

은종이 말에 다들 제발, 제발, 하며 맞장구를 쳤다.

"교장으로 발령이 나면 학교 내에 레스토랑을 만들어 날마다 품위 있는 오찬과 만찬을 마련하겠다. 그 시범으로 오늘 내가 전야제의 만찬을 차려주지."

"와! 칼질하는 거예요?"

"물론."

"사양 않겠습니다만 혹시 계산은 해보고 하시는 말씀이신지⋯⋯."

"계산을 미리 했다면 내가 만찬 운운하겠니? 안 해봤으니 겁 없이 그러는 거지."

"하하, 알겠습니다. 그럼 계산은 디저트까지 다 먹고 나서 카드로 하시기 바랍니다. 현금 세다 머뭇거리시면 우리 입장이 상당히 곤란하지 않겠습니까?"

우리는 킬킬대며 서둘러 정리하고 밖으로 나섰다.

"혹시 정미은 선생님 모실까요? 전에 얻어먹은 것도 있는데⋯⋯."

장 선배가 눈치를 보았다. 손 선생님이 곧바로 대답했다.

"그럼, 얻어먹은 건 반드시 갚아야지."

"제가 전화 드리겠습니다."

승우가 휴대폰을 열었다.

"이미 했다. 내가."

“예?”

모두 눈을 동그랗게 뜨고 손 선생님을 바라보았다.

“왜?”

손 선생님은 말짱한 얼굴로 어깨를 으쓱해 보였다.

“아, 아뇨. 아무것도 아닙니다.”

손 선생님이 아이들의 시선을 모르는 척하고 딴전을 피웠다. 강당 앞에서 정미은 선생님이 기다리고 있었다. 손 선생님처럼 당당하게.

스테이크 집에서 우리는 한껏 즐거운 만찬을 가졌다.

“창제는 어머니와 좀 어때? 설마 가출로 부모를 굴복시키는 선례를 남기진 않았겠지?”

정미은 선생님이 물었다.

“사실 그러려고 했던 건 인정합니다. 보통 뛰쳐나갈 때에는 확 문제아가 되어서 엄마를 괴롭히고 싶다, 이런 심리가 좀 있거든요.”

“맞아요. 엄마 고통 받으라고 죽어버리겠다 생각하기도 하잖아요. 자살하는 애들 중에도 그런 애가 있을 거예요.”

장소리가 공감이 간다는 듯이 말했다. 나는 자살이란 말에 뜨끔했다. 이제 이 단어는 내가 아무렇지 않게 들을 수 없는 말이 되었다.

“그런 어리석은 생각을 하다니……. 제 인생이나 생명을 두고 말이야.”

정미은 선생님이 혀를 찼다.

"순간적으로 그런 생각이 든다는 거죠. 어른들도 순간적인 감정을 못 이기고 험한 말을 하고 아이들을 때리고 그러잖아요. 그래서 어른들을 용서하라 하셨고요."

승우가 손장하 선생님을 보며 동의를 구했다.

"그래, 어른들이 자신이 약하고 또, 잘못도 한다는 걸 인정하고 아이들과 소통하기 위해 문을 열어야 하는데 그게 참 어렵거든. 아이들에게 자신의 미숙함을 인정하기가 쉽지가 않아. 그래서 더 윽박지르고 화내고 하는 거야."

"저도 김해에 봉사 활동 갔던 곳이 떠오르지 않았으면 어찌 됐을지 몰라요. 그때 무지 화가 났기 때문에 절대로 바로 집에 들어가지는 않았을 거거든요. 근데 저는 저를 망치고 싶지 않았어요. 아마 그래서 그곳이 생각났겠지요. 또 거기 있던 형이 나를 이해하면서 집에 전화하고 더 있으라고 해줬고 집에다 위치를 알려주거나 하지 않았기 때문에 오래 있을 수가 있었어요."

"그런 걸 보고 귀인을 만났다고 하는 거야."

상윤이가 거들었다.

"예, 덕분에 엄마하고 나는 생각할 시간을 충분히 가졌어요. 엄마가 저를 다 이해한 건 아니지만 이제 나도 생각이 있다는 것, 그리고 나도 내 인생을 잘 꾸려가고 싶어 한다는 건 알아주세요. 그전에는 나를 도대체가 생각이 없는 애라 여기고 뭐든 혼자 계획해서 내게 들이댔거든요. 이젠 옛날처럼 그러시지는 않아요. 또 나갈까 봐 참는 부분도 조금은 있겠지만요."

창제가 긴말 끝에 미안한 듯 웃다가 덧붙였다.

"엄마 속을 태우게 해서 미안하게 생각해요. 안 그러면 사람도 아니죠. 그리고 정말 열심히 할 거예요. 공부도, 풀 먹기도."

풀 먹기라는 말에 모두 웃었다. 연극부 아이들에게 스프링벅 양 떼 이야기는 함축이 많은 공통 언어가 되어 있었다. 이 제목으로 대본을 쓰고 한 학기 내내 연습을 해오지 않았던가? 그건 최소한 목표는 알고, 뛰든지 걷든지 하자는 뜻이었다.

"제가 고3 때는요, 제발 엄마가 일 년간 좀 없었으면 좋겠다, 이런 생각도 했어요."

장 선배가 뜻밖의 말을 했다. 연출을 맡고 있어서 연극 연습하는 내내 거대하게만 보였던 장 선배가 '제가 고3 때는요.' 하니까 영 낯설었다. 다른 아이들도 그런지 눈을 동그랗게 뜨고 장 선배를 보았다. 아, 장 선배도 불과 몇 년 전엔 고딩이었던 것이다.

"왜?"

손 선생님이 놀라서 물었다.

"야자 마치고 밤늦게 파김치가 되어서 집에 들어가면 엄마가 자다가 일어나서 안 잔 척하고 주스 같은 걸 내오거든요. 그것도 부담스럽지만 꼭 몇 마디 해서 속을 뒤집어 놓았어요. '지난번 모의고사에 수학 점수 나빴잖아. 이번에 올릴 거지?' 그러면 짜증 팍 나죠. 점수 때문에 신경 쓰이는 건 엄마보다 내가 더한데 그런 말 들으면 정말 공부 딱 때려치우고 싶어져요. 또 어떤 때는 '청소하다 보니 게임 씨디 못 보던 거 있던데 고3이 이런 거 사도 돼?' 그래요. 작년에 산 거라고 아무리 말해도 처음 본 거라며 다그치는 거예요. 그렇게 화내고 나면 잘 때 좀 뒤척이거든요. 그러면 다음 날 0교시 방송 수업 때 꼭 졸아요. 제발 엄마가 그냥 자고 있으면 좋겠다 싶었다니까요. 엄마만 아니었으면 아마 더 좋은 대학에 들어갔을 거예요."

마지막 말에 모두 웃었다.

"저도 그래요. 성적 오른 건 말 안 하고 떨어진 것만 갖고 뭐라고 하죠. 오죽하면 제가 영어 성적 팍 올랐을 때 성적표 슬쩍 숨겼게요. 다음 달에 떨어지면 잘한 걸 기준으로 또 당할 게 뻔한데요, 뭐."

승우가 고개를 절레절레 흔들며 털어놓았다.

"어쩌면 어른들은 그리 똑같을까요?"

장미가 공감 100퍼센트 표정으로 어깨를 들썩했다.

"그게 부모라는 증거지. 남의 자식한테는 그렇게 앞뒤 없지가 않거든."

손 선생님이 진지한 얼굴로 아이들의 이해를 구했다. 더러 고개를 끄덕였다.

"자기들이 이렇게 애들 속을 썩인다는 걸 어른들은 알까요?"

정미은 선생님이 한숨을 쉬었다.

"뭐, 지금 저 기죽이는 거예요? 우리 엄마 아빠는 안 그래요. 자기 살기 바빠서 나를 간섭할 틈이 없어요. 나는 내가 다 알아서 하러니 힘들어 죽겠어요."

민구가 불쑥 내뱉었다.

"참, 그렇다고 했지. 불행인지 다행인지는 모르겠다만."

승우가 딱한 듯 웃었다. 장미가 스테이크 한 조각을 민구에게 건네주었다.

"얘는 그래서 더더욱 양질의 급식을 먹어야 해요. 집에서 못 얻어먹으니까요."

"우리들 대견하죠? 그래도 이 열악한 세상을 꿋꿋이 살아내고 있잖아요."

상윤이가 분위기 전환용 멘트를 날렸다. 여기저기서 맞아, 맞아 했다.

"어쩌겠니? 내 단골 대사 또 나온다. 미숙한 어른들을 용서해가며 살아라. 안 그러면 속 끓이다가 반항심만 키우게 된다. 그 때문에 이 눈부신 십 대를 훼손시키지는 말아야지. 그렇다고 '이제 나도 다 컸으니 내 멋대로 하겠다.' 그런 생각 하는 것은 좋지 않아. 아무리 그래도 어른들 말이 맞을 때가 훨씬 더 많거든."

손장하 선생님이 목소리를 약간 가볍게 바꿔 말했다.

"어른들도 미숙할 때가 있다는 말이지, 어른들이 항상 아이들보다 미숙하다는 뜻은 결코 아니다 이 말이야. 오해하면 안 돼."

정미은 선생님이 토를 달았다.

"알아요, 선생님."

승우가 순순히 인정했다.

"역시 만찬은 좋군. 이런 진솔한 대화도 하고 말이야."

"우리, 꼭 「스프링벅」 심화학습 하는 것 같지 않아요?"

장소리 말에 모두 와하하 웃었다. 손 선생님이 손을 들어 주의를 모았다.

"자, 오늘 이 우아한 만찬은 동창회에서 너희들의 피나는 연습에 힘내라고 지원해준 것이었다는 이상한 소문이 돌고 있다."

"와! 사기! 어쩐지."

아우성! 이어진 아이스크림 디저트에 즐거움이 넘쳤다.

"이제 내일 오전에 한 번만 더 해보고 나면 실전이다. 오늘은 가서 충분히 자도록 해라. 목을 푹 쉬게 하고, 소금물로 양치하고 자도록."

장 선배가 해주는 따뜻한 주의 겸 격려를 듣고 집으로 왔다. 나는 걸으면서 '지금 잠겨 있는 것은 절망이 아니다.'라는 예슬이의 시구절을 자꾸 되씹었다. 마치 예슬이가 나를 위해 쓴 것 같은 시였다. 나는 예슬이에게 문자를 보냈다.

—그 시 마음에 들더라. 전문을 메일로 보내줘.

—마음에 든다니 기쁘네, 내일 보내줄게. 지금은 바빠.

간만에 일찍 들어갔더니 엄마가 또 링거를 맞고 있었다. 어쩌면 그동안 자주 맞았는지도 모르겠다. 나는 매일 늦게 돌아왔으니까. 마음이 저절로 차가워지는 걸 고개를 흔들어 뿌리쳤다. 엄마의 절망을 내가 더 깊게 할 권리는 없지 않나 하는 생각이 들었다. 아니, 그보다는 엄마의 절망해 있는 모습에 더 이상 위악을 부릴 만큼 내가 강하지 못했다.

내 안에는 엄마를 가엾게 여기는 마음과 분노하는 마음이 뒤섞여 있다. 그런데도 한사코 생각과 태도를 분노 쪽으로 밀어붙이는 자체가 사실은 마음이 가여움 쪽으로 기울고 있기 때문인지도 모른다. 어쩌면 나는 엄마와 나를 괴롭히며 슬픔을 견디고 있는 건 아닌지……. 별로 생각이 많은 내가 아닌데 형이 죽은 뒤에는 온갖 복잡한 생각이 내 안에서 휘돌고 있다. 혹시 이런 게 절망의 한 모습이 아닐까?

내가 "다녀왔습니다."라고 했더니 엄마가 링거를 꽂은 채 힘없이 "왔니?" 했다. 숙모가 일어서며 반겼다.

"너, 연극 하니?"

탁자에 연극 팸플릿이 놓여 있었다.

"예."

"중요한 역인가 본데 초대도 안 하고."

"별거 아니에요."

"가봐야지. 조카가 서는 무대인데."

나는 아빠를 힐긋 보았다. 아빠는 숙모가 말하게 그냥 가만있었다.

“연기하는 거 재미있지? 나도 여고 때 연극부 했었다. 몰랐지? 학교 축제는 원래 연극이 꽃이야.”

숙모는 일부러 학창 시절 얘기로 수다를 떨다가 아빠에게 주사기 빼는 법을 가르쳐주고는 “동준아, 내일 갈게.” 하며 갔다. 그제야 아빠가 물었다.

“언제부터 연극을 했니?”

“1학년 때부터요.”

“왜 말도 안 하고.”

“하지 말라고 할까 봐서요.”

아빠가 나를 물끄러미 보았다. 나는 내친 김에 말했다. 엄마는, 이라고 하려다가 아빠는, 으로 바꿔 말했다.

“아빠는 성적에 직접 도움이 되는 거 아니면 싫어하시잖아요.”

아빠가 낭패한 표정으로 뭐라 말할 듯하다 말았다. 아빠도 이미 힘을 잃고 있었다.

전에 아빠는 내 성적표를 보고 성적이 왜 이 모양이냐며 화를 버럭 내고는 말했었다.

“내가 꼭 성적 때문에 그러는 거 아니다. 이건 자기 앞에 주어진 일에 대한 성실성의 문제야.”

그러면 나는 자칫 심각해질 수 있는 분위기를 무마시키기 위해 있는 대로 농담인 척하며 눙쳤다.

“에이, 성적 때문에 그러시는 거 맞잖아요.”

그럴 때 아빠는 다소 난처해진 얼굴로 권위를 지켜내곤 했다.

"자신에게 닥친 일은 반드시 수행하는 책임과 성실, 그게 있으면 성적은 저절로 따라오게 되어 있어."

지금 아빠한테는 나에게 먹히든 안 먹히든 일단 논리상으로는 지극히 타당한 그런 주장조차 펼칠 힘이 없어 보였다.

엄마가 내 손을 찾아 잡았다. 손마디가 잡힐 정도로 앙상했다.

"엄마, 밥 잘 드세요."

말해놓고 보니 궁색하기 짝이 없었다. 엄마의 강마른 손에 응대를 하자면 뭔가 말을 걸어야 할 것 같아서 나온 말이 겨우 '밥 잘 드세요.'라니.

"그래."

엄마가 우는지 웃는지 알 수 없는 표정으로 말했다. 아빠가 팸플릿을 들여다보았다.

"뭐, 별로 재미있는 건 아니에요."

나는 어물쩍 덧붙였다. 샤워를 하고 나서 다시 안방에 들어가니 아빠가 링거를 빼고 있었다. 내가 솜을 눌러주었다. 아빠가 나가고 나서 엄마가 일어나 앉았다. 나를 바라보는 엄마 눈에 눈물이 주르르 흘렀다. 나는 눈이 뜨거워지는 걸 억지로 참고 휴지를 뽑아 엄마에게 건네고는 내 방으로 왔다. 아직까지는 내 위악이 이기고 있었다. 나는 주먹으로 눈을 훔쳤다.

# 형, 나의 형

오전에 시작된 마지막 리허설 때부터 우리는 너나없이 긴장하기 시작했다. 그렇게 준비하고 연습했는데도 마지막까지 수정할 게 있었다. 책상 하나가 삐걱하는 바람에 소품 담당인 상민이가 혼비백산하여 다른 걸 가져왔다. 혹시나 해서 창제가 여분의 책상을 몇 개 더 준비해놓았다. 애들은 떠들지도 않았고 음식도 탐하지 않았다. 나도 점심으로 시켜 온 김밥과 우동을 못다 먹고 남겼다. 손장하 선생님은 리허설 때 대사가 생각 안 나 잠깐 멈칫하더니 기어이 교장용 책상에 대본을 붙이고야 말았다.

"그래도 밑으로 보고 이야기하시면 안 돼요. 절대!"

장 선배가 못을 박았다.

"다 외웠어. 혹시 떨려서 순간적으로 생각 안 날까 봐 붙인 거야.
첫 단어만 보면 다 생각나니까 걱정 마."

"좋겠어요. 선생님은 대부분 책상에 앉아서 하는 거라서."

"어떻게, 너희들 키스 씬은 넣기로 했니?"

긴장해 있는 게 안돼 보여서인지 손장하 선생님이 농담을 했다.

"예, 분위기 봐서 애드리브 수준으로 할 거예요."

상윤이가 대답은 여유 있게 했다.

"그러냐? 분위기가 한몫 보태주기를 바란다."

손장하 선생님이 자꾸 웃었다.

"왜 웃으세요? 못할 거 같아요?"

"아, 아니다. 너희들이 나보다 나아서."

아이들이 무슨 소린가 싶어 멀뚱히 보다가 와르르 웃었다. '아직
성공 못 하신 거 아냐?' 하는 눈짓들이 오갔다.

리허설이 끝나고 긴장도 풀 겸 두 시간 정도 여기저기 전시회를
보고 오라고 해서 나갔다. 창제는 일찌감치 수정이의 밴드 공연에
가고 없었다. 몇 군데 둘러보고 공연장에 갔더니 이미 시작해 있었
다. 수정이의 재바른 손놀림이 리듬을 만들어내고 있었다. 창제가
제일 앞줄에 앉아 있는 게 보였지만 사람들이 다 차 있어서 갈 수가
없었다. 예슬이가 있음직한데 눈에 안 띄었다. 나는 벽을 따라 중
간쯤까지 가다가 서서 들었다.

양손에 스틱을 든 수정이는 연주에 완전 몰입해 있었다. 단발머

리가 리듬을 타고 찰랑찰랑 흔들렸다. 아름다웠다. 몰입, 민구와 은종이의 열연이 아름다운 것처럼, 책에 몰두해 있는 예슬이가 아름다운 것처럼 수정이의 몰입도 아름다웠다. 나는 넋을 잃고 보았다. 실내를 가득 채우고 있는 음악보다 그 몰입의 아름다움에 가슴이 마구 뛰었다.

연주가 끝나자 창제가 제일 먼저 무대로 뛰어 올라가 수정이에게 꽃다발을 안겼다. 그뿐 아니다. 수정이 어깨를 힘 있게 안기까지 하여 박수갈채를 받았다. 저 용감한 녀석! 존경스럽다. 나는 재빨리 휴대폰 카메라로 찍는 데 성공했다. 이건 비싸게 팔 물건이다. 강당으로 돌아가면서 사진을 본 창제는 거의 환장을 했다.

"빨리 나한테 전송해줘."

"그렇게 어물쩍은 안 되지."

"실수로 날아가 버리면 어떻게 해."

"먼저 수정이하고 얘기가 되어야지."

"우정에 금 가는 소리 하지 말고."

창제의 야단법석에 못 이기는 척하고 전송해주었다.

"친구여, 그대는 언젠가 결정적인 순간에 오늘의 보답을 열 배로 받게 될 것이라네."

창제는 신이 나서 춤이라도 출 기세였다. 그 사진을 연극부 아이들이 다 보는 데는 오 분도 걸리지 않았다.

"상윤이 너, 키스 씬 하면 내가 확실하게 찍어줄게."

창제가 카메라를 들어 보였다.

"하늘이 도와야지."

공연 시간이 다 되어가니 상윤이는 이제까지의 여유가 어디 가 버렸는지 자신감이 좀 줄어 보였다.

"기대할게."

장소리가 오히려 더 큰소리를 치고 있었다. 창제와 나는 상윤이가 키스를 한다, 못 한다로 내기를 걸었다. 오천 원 거금. 나는 한다에, 창제는 못 한다에.

"그거 절대로 쉬운 거 아니다."

창제의 변이었다. 아무도 없는 어두운 곳에서도 막상 하기는 힘든 거라는, 경험에 바탕을 둔 창제의 선택과 좀 획기적이고 즐거운 일이 일어나기를 바라는, 다분히 희망에 기댄 내 선택 중 누가 맞을지는 몇 시간 후 판가름 날 것이다.

6시에 시작인데 5시부터 사람들이 강당을 채우기 시작했다. 사진이니 내기니 하며 우스갯소리를 해도 역시 떨렸다. 장소리는 결국 우황청심환을 먹었다. 나는 무대 뒤 대기실에 대본을 장면별로 나누어 정리해두었다. 대기 중에 한 번씩 더 확인하고 나가야 하기 때문이다.

장근이 형과 숙모가 올지도 모른다는 생각이 들었지만 관객 쪽은 확인하지 않기로 했다. 오로지 미키를 연기하는 데에 집중할 생각이다.

"야, 꽉 찼어. 빽빽하다고."

커튼 사이로 강당을 내다보던 창제가 상황을 보고했다.

첫 장면은 미키가 댄스 그룹에 들겠다며 흥분하는 장면이다. 막이 열리면 미리 등장한 상윤이가 책상에 앉아 있고 내가 소리를 지르며 등장한다. 무대 한 귀퉁이에 조명이 들어오자 상윤이가 긴장을 감추지 못한 채 책상에 앉아 있는 게 보였다. 강당은 셀 수 없이 많은 눈동자들로 꽉 차 있었다. 나는 심호흡을 크게 하고는 팸플릿을 흔들며 뛰어나갔다.


미키　야호! 폴, 오션크루 알지? 브레이크댄스 그룹 말야. 나 거
　　　기 오디션 볼 거야.

폴　뭐? 오디션? 네가?

미키　그래, 난 춤을 출 거야. 비보이가 되겠어. 내가 하고 싶은
　　　것을 찾았다고. 몸이 리듬을 타는 게 얼마나 황홀한지 알아?

폴　얘가 갑자기 왜 이래?

미키　갑자기가 아냐. 우연히 그룹 연습실을 보고 난 뒤부터 자
　　　꾸 나를 끌어당기는 거야.

폴　춤이 너를? 오후에 자주 안 보이더니 거기 다녔어?

미키　슬쩍 들어가서 따라 해봤는데 내 몸의 모든 세포가 리듬
　　　을 타고 일어나는 느낌, 하하하! 거기 형이 나더러 정식으로
　　　오디션 보고 들어오래. 할 거야.

폴　네 아버지가 하라고 하시겠어?

미키　그게…… 이제 용기가 났어. 아버지 몰래 할 거야.


반대쪽에서 교장이 등장했다. 관객석에서 웃음이 일었다. 폭소 유발용 콧수염과 뚱뚱한 배가 제대로 효과를 발휘한 모양이다.

연극은 순조롭게 시작되었다. 소품이며 조명, 음악이 빈틈없이 진행되었다. 각자 나갈 장면을 기다리고 있는 무대 뒤는 초긴장이었다.

댄스 동아리 오션크루의 특별 공연은 열광적이었다. 춤을 추면서 관객들의 반응이 그대로 느껴졌다. 그 덕분인가, 나는 걱정했던 윈드밀 동작도 실수 없이 해냈다. 아, 해냈어! 나는 무대 뒤로 와서 숨을 후, 내쉬었다. 그리고 곧장 다음 장면을 확인했다.


미키　나는 정원수 같아요. 아버지가 기르는 정원수, 가지 잘리고 철사에 옭매여 타인이 원하는 대로 자라야 하는 정원수.

미키 아버지　뭐라고? 정원수?

미키　제발 나를 그만 옭아매세요. 나는 팔다리를 펴고 싶어요.

미키 아버지　이런 배은망덕한 녀석! 있는 힘 다해서 밀어주고 있는데 뭐라고? 옭아매지 말라고?


민구와 내가 정지 자세인 채 그림자가 벽에 오르는 짧은 시간, 음향도 대사도 없는 그 순간, 관객석은 쥐 죽은 듯 조용했다. 모든 대사를 합친 것보다 더 많은 말이 전달되고 있는 것이 온몸으로 느껴졌다. 천천히 조명이 꺼지자 어둠 속에서 우리는 몸을 풀고 퇴장했다. 나는 숨을 고르며 다른 배우들의 열연하는 목소리를 들었다. 실전은 전율이 일 만큼 감격스러웠다.

    미키  하버드, 그건 아버지의 꿈이지 내 꿈은 아니에요.
    미키 아버지  뭐? 그게 무슨 말이야? 나는 너를 위해 뭐든 할 수
        있었다.
    미키  나도 생각할 줄 알아요. 나도 내 인생을 멋지게 가꾸고
        싶다고요.
    미키 아버지  그래서 너를 밀어주고 있잖아!
    미키  나를 밀어주는 게 아니라 떠미는 거예요.
    미키 아버지  떠밀어?
    미키  그래요. 떠밀면 엎어지잖아요. 그래서 내 꿈도 아버지 꿈
        도 다 엉망이 되잖아요!
    미키 아버지  뭐? 미키! 네가 어떻게, 어떻게 나에게, 으흐흐흑!


    아버지 역을 맡은 민구의 절규는 연습 때보다 더 처절했다. 팔에 소름이 오소소 돋았다. 아, 어쩌자고 이렇게 잘하는 거야.
    무대에 불이 꺼지자 나는 뒤쪽으로 몸을 옮기고 숨을 크게 들이

쉬었다. 무대 한쪽에 얇은 천이 내려졌다. 나는 마지막 춤 장면 하나를 위해 천천히 일어섰다. 내 뒤로 낮은 조명 한 개가 은은하게 켜졌다. 미키 아버지의 절규가 음향처럼 들리는 가운데 천 뒤에서 미키 혼자 풋워크를 추는 실루엣 장면으로 극은 마무리되었다.

연극은 엄청난 박수갈채를 받았다. 무대 인사를 세 번이나 했다. 물론 무대로 올라온 예슬이에게서 꽃다발을 받았지만 나는 창제처럼 용기를 내지 못하고 쑥스럽게 웃기만 했다. 숙모도 무대로 올라와 꽃다발을 안겨주었다. 나는 혹시나 하고 객석을 둘러보았지만 장근이 형은 보이지 않았다. 온다고 했으니까 왔을 거야. 벌써 나갔겠지.

"앗!"

하마터면 소리를 낼 뻔했다. 객석에 엄마 아빠가 보인 것이다. 엄마가 오다니, 생각지 못한 일이었다. 엄마 아빠는 움직임 없이 앉아 있었다. 아, 어쩌나. 엄마가 보는 게 아닌데. 나는 얼른 고개를 돌리고 출연자들과 함께 무대 뒤로 갔다.

연극부원들은 서로 어깨를 싸안으며 축하하느라 시끌벅적했다. 다들 피곤할 텐데도 얼굴은 기쁨에 겨워 빛이 났다.

"다 주인공이었어. 다들 제 역에 혼신을 다 해줘서 모든 배우가 다 주역 같은 작품이 되었어."

장 선배가 흥분을 감추지 못했다.

"자, 나가서 가족, 친구들한테 칭찬 많이 받고 얼른 와. 뒤풀이하러 갈 거니까."

엄마 때문에 가슴이 무거웠다. 다들 나가는데도 나는 무대 뒤에 그냥 있었다. 나가서 엄마를 만날 수가 없었다. 막을 들추고 예슬이가 들어오더니 커다란 액자를 내밀었다.

"「저녁바다」 시화야. 전시 끝나고 너 주려고 했지."

함박 웃는 예슬이가 내 기분을 가볍게 해주었다.

"고마워. 그 시 정말 좋았어. 나, 시 좋아해보기는 처음이야."

"고맙다. 내 시를 좋아해줘서. 근데 너 정말 대단하더라. 너한테 그런 열정이 있는 줄 몰랐어."

예슬이의 칭찬을 듣다니, 뿌듯하고 좋으면서도 얼굴이 붉어졌다. 예슬이가 나를 보고 환하게 웃었다. 얼굴 붉히는 것까지 다 보고 있어, 아우 쪽팔리게. 나는 수습 차원에서 예슬이의 팔을 끌었다.

밖으로 나오니 엄마 아빠는 보이지 않고 숙모가 혼자 서 있다가 다가왔다. 예슬이는 숙모에게 인사를 하고는 문예부 뒤풀이가 있다면서 손을 흔들고 갔다. 내가 눈으로 엄마를 찾는 걸 눈치 챈 숙모가 가볍게 말했다.

"엄마가 좀 피곤해서 아빠가 차에 데리고 갔어. 누구, 여자친구?"

숙모가 재빨리 화제를 돌렸다. 나는 머쓱하게 웃다가 고개를 끄덕였다.

"음, 너 안목 있다? 참, 동준이 일류 배우더라. 언제 그렇게 연기

연습을 했어?"

숙모는 엄마 아빠 몫까지 애써 추켜세워 주었다. 속 깊은 숙모.

"너는 뒷마무리할 거 있지? 그거 내가 들고 갈까? 아빠가 주차장에서 기다리실 거야."

"예. 먼저 가세요."

숙모가 꽃다발과 액자를 받아 들고 갔다.

잔뜩 고무된 연극부원들은 뒤풀이 내내 흥분을 감추지 못했다. 손장하 선생님은 배불뚝이에 콧수염을 그대로 달고 왔다. 얼마나 배역에 애착을 가졌는지 귀여울 정도였다.

"떼고 싶지 않아."

"그럼, 교장으로 발령 날 때까지 그대로 계세요."

"그럴 거야."

내기에는 내가 깨끗이 졌다.

"연기하느라 신경이 온통 곤두서 있는 바람에 키스 씬 같은 건 아예 생각나지도 않는 거야."

생각이 안 나다니, 어이없긴……. 상윤이는 내가 내야 할 내기 값과는 비교도 안 되게 엄청 핀잔을 들었다.

"인마, 솔직히 못 했다 해라."

쥐어박히기는 또 얼마나……. 상윤이는 장소리에게 구원을 요청했다.

"장소리, 뭐라고 말 좀 해라. 우리가 얼마나 열연을 했는지……."

"할 걸 안 했는데 무슨 열연."

으헉, 저 배짱. 장하다, 장소리. 아무리 피곤해도 웃을 힘은 있었다. 늦은 저녁을 먹고 나자 다들 워낙 지쳐 있는 탓에 일찍 가서 쉬기로 했다.

집으로 가니 엄마가 눈이 퉁퉁 부은 채 침대에 앉아 있었다. 연극을 보게 하는 게 아니었는데……. 며칠 전 아빠에게 화가 난 차에 팸플릿을 책상에 던져두었던 게 후회막급이었다.

아빠는 형 방에 있었다. 형 책상 앞에 잔뜩 굳은 얼굴로 앉아 있는 걸 보고 나는 조용히 문을 닫았다.

거실에 예슬이의 시화가 있었다. 예슬이를 보는 것처럼 반가웠다. 내 방으로 들고 와서 포장을 뜯어내니 봉투가 하나 떨어졌다.

너를 위해 쓴 시였어. 그래서 전시회 끝나면 주려고 했다. 마음에 들어 하니 잘됐지 뭐니? 아픈 날들 겪었지만, 앞으로 얼마나 더 많이 아플지 모르지만 언제라도 절망은 말자. 절망하기에는 우리가 얼마나 눈부시니?

한쪽 벽에 시화를 세워놓고 바닥에 멀찍이 앉아서 보았다.

그대는 지금 젖어 있을 뿐이다.
……

지금 잠겨 있는 것은 절망이 아니다.

……


나를 위해 썼다고? 꼭 그런 것 같다 싶더니 진짜로 나를 위해 썼구나……. 예슬아, 너는 늘 눈부시다. 너를 사랑해.


집은 무서우리만큼 조용했다. 벽 너머 엄마 아빠는 각자의 절망에 짓눌려 있겠지. 짓눌린 숨소리가 들리는 것 같았다.

'떠밀면 엎어지잖아요. 그래서 내 꿈도 아버지 꿈도 다 엉망이 되잖아요!'

미키의 절규가 엄마의 가슴에 비수가 되어 꽂히는 게 보였다. 나는 내가 찔린 듯 잔뜩 웅크렸다. 엄마가 피투성이가 되어 뒹구는 모습이 보였다. 아, 엄마! 나는 벌떡 일어나 안방 문을 열었다.

엄마는 침대 위에 달랑 얹힌 것처럼 무릎을 세워 앉은 채 두 손으로 가슴을 부여잡고 울고 있었다. 가슴에 돌덩이라더니, 엄마는 평생 돌덩이를 안고 스스로에게 벌을 주며 살 것이다. 하지만 그것이 절망이어서는 안 돼. 안 돼. 나는 예슬이의 시구절을 자꾸 되뇌었다. 엄마는 아파야 하는 게 아니고 울어야 하는 게 아닐까? 그래, 엄마, 울어. 울어.

나는 돌아 나가지 못하고 우물쭈물 침대 옆 의자에 앉았다. 탁자에 손대지 않은 죽 그릇이 그대로 있었다. 죽 전문점에서 사온 듯한

녹두죽은 표면이 바짝 굳어서 이리저리 균열이 나 있었다. 쩍쩍 갈
라진 그게 꼭 나 같고 엄마 같았다.

"엄마, 죽 좀 먹어."

엄마의 울음이 잦아들 때쯤 나는 그 말을 하며 결국 울먹이는 소
리를 내고 말았다. 침대로 올라가 엄마 어깨를 안았다.

"으으으!"

엄마는 나한테 무너지듯 안겨 끝도 없이 울었다. 아빠가 들어오
다가 도로 나갔다.

늦은 시간인데 숙모가 친정 조카인 간호사와 함께 링거를 들고
왔다. 엄마가 너무 울어서 탈진할까 봐 아빠가 불렀다고 했다. 엄
마는 거의 기력을 잃고 있었다. 아, 나는 바보다. 너무 울면 안 되는
데 울어, 울어 하고 있었구나.

나는 링거를 꽂고 누운 엄마 옆에서 눈초리로 드문드문 흐르는
눈물을 닦아주었다.

우리는 모두 너무, 너무 아파서 지금은 이 상처를 차마 건드리지
못하고 덮어둘 수밖에 없다. 그러나 사는 동안 상처는 깊숙한 곳에
파묻혀 있다가 틈만 나면 올라와 나도, 엄마도, 아빠도 신열을 내며
쓰리도록 울게 할 것이다. 언젠가는 엄마의 이 지독한 통증도 조금
은 가라앉겠지. 나도 조금은 더 성숙해 있겠지. 그때는 지금 덮어
둔 이 깊고 깊은 상처를 보듬어서 다독일 수 있을까? 그리고 아프
지 않고도 형을 생각할 수 있을까? 아, 형, 나의 형!

# 보석처럼 빛나는 아이들

청소년들의 자살 소식이 부쩍 잦았던 몇 년 전, 나는 얼굴도 모르는 그 아이들이 내가 아는 아이들과 겹쳐 보여서 문득문득 마음이 짠했다. 그 아이들이 마음의 건강을 잃은 것이, 그리고 그게 그들의 잘못이 아니라는 것이 안타깝고 미안했다.

심장에 느껴지던 물리적인 통증……. 그 때문에 글을 썼는지, 글 쓰는 사람이라 통증이 유난했는지는 모르겠다. 어쨌든 그 통증 때문에 아이들의 이야기를 귀담아듣고 메모하기 시작했다.

『스프링벅』은 그렇게 몇 년간 모은 아이들의 목소리를 한 이야기 속에 구성해 넣은 것이다. 그러니, 나에게 이런저런 이야기들을 쏟아놓은 아이들, 선생님들, 그리고 어머니들이 없었다면 이 소설은 쓸 수 없었을 것이다.

　마음이 건강한 아이들……. 내가 발견한 아이들의 본모습은 건강함이었다. 물론 그들이 겪어내야 할 일들이 만만찮지만, 여기저기서 부딪치고, 상처 받고, 반항하고, 방황도 하지만, 그렇다고 건강하지 않은 것은 아니었다. 아니, 그러니까 건강한 것이었다. 그속에서 그들은 무럭무럭 성숙해가고 있었다. 나는 아이들이 스스로를 돌보고 키울 능력이 있다는 것을 믿었고, 그 믿음을 함께 나누고 싶었다.

　원래 모든 아이들은 미래에 대해 건강한 기대와 희망을 품고 있지 않을까? 그리고 누구보다 스스로의 꿈을 찾고 싶어 하지 않을까? 단지 그들 자신이 무한한 가능성을 지닌 존재임을 미처 깨닫지 못했을 뿐이다. 그런데 많은 어른들은 다른 걸 일깨워 주느라 바쁜 탓인지 청소년들이 날개를 활짝 펼 수 있도록 돕는 일에는 소홀하기만 하다.


　고교 시절 연극부 활동을 했던 아들은 공연 전날이면 집이 먼 친구들을 학교 가까이에 있는 우리 집으로 데려오곤 했다. 거실에 이불을 죽 깔아놓고 빽빽이 누워 자던 아이들. 삼 년이 지나고 아들은 대학생이 되었지만, 그 뒤에도 모교의 연극 공연 전날이면 예전처럼 후배들을 데리고 왔다. 커다란 냄비 가득 밤참을 만들고, 새벽밥까지 차리던 그때의 수고를 이 글로 모두 보상받았다.

혹 '내 얘기는 빠졌잖아요?'라고 항의하는 아이들에게는 궁색한 대답이나마 해주고 싶다. 못 다한 이야기들은 또 다른 기회가 있을 거라고 말이다.

교정 보느라 원고를 다시 읽을 때마다 마지막 장을 덮을 무렵엔 눈물이 났음을 고백한다. 이 땅의 수많은 성준이에게 미안한 마음으로, 그리고 보석같이 빛나는 아이들이 스스로를 아끼며 자라기를 바라는 마음으로 이 글을 세상에 내보낸다.

마지막으로 본문에 등장하는 예슬의 시 「저녁바다」는 김오민 시인의 작품을 차용했음을 밝힌다. 시의 인용을 흔쾌히 허락해주신 김오민 시인께 감사드린다.

2008년 9월

배유안

우리에게는 10대 청소년의 세계를 다룬 본격적인 문학작품이 드 뭅니다. 그래서 청소년이 읽는 문학작품은 어른들이 읽는 것과 별다른 차이를 보이지 않습니다. 출판사에서 청소년에게 읽히고자 펴낸 문학작품 중에는 이른바 대표작가의 대표명작을 모은 선집들이 무척 많습니다. 인류의 문화유산으로서 전수되는 뛰어난 고전과 현대의 창작물을 청소년이 자기 것으로 만드는 일은 자연스럽고 또 바람직합니다. 문제는 그것들이 대개 입시를 겨냥한 수업의 연장선상에서 읽힌다는 점입니다. 더욱이 초등학교 시절에 동화책을 읽던 아이들이 그다음 단계에서 성인문학의 세계로 곧장 비약하게 됨에 따라 놓치는 것이 적지 않습니다. 청소년 고유의 감수성이라든지 청소년기에 직면하는 문제 등 작품과 대화를 나눌 수 있는 요소가 많지 않다면, 문학작품을 읽는 일은 점점 자기 삶과 무관한 요식행위처럼 되기 쉽습니다. 동화책에 푹 빠져서 책 읽기를 좋아하던 아이들이 나이를 먹어가면서 문학의 매력을 느끼지 못하고 즐거운 책 읽기에서 멀어지는 까닭 중 하나가 여기에 있다고 봅니다.

이런 사정을 염두에 두고 우리는 '창비청소년문학'을 새롭게 시작하려고 합니다. 그 핵심은 세상에 대한 자각을 높이고 성장의 의미를 함축한 뛰어난 문학작품입니다. '지금 여기'의 청소년과 공감대를 넓힐 수 있는 새로운 감수성과 문제의식을 충실하게 담아 즐겁고도 의미 있는 책 읽기가 되도록 힘쓸 생각입니다. 최근 청소년문학의 중요성이 새롭게 인식되면서 의욕을 보이는 작가들이 속속 모습을 드러내고 있습니다만, 양적으로나 질적으로나 아직 충분치 않을뿐더러 마땅한 청소년문학의 모범이 없어 작가들도 어려움을 겪는다고 합니다. 청소년문학이 아동문학과 성인문학 양쪽에서 소외되어 자기 정체성을 확립하지 못한 채 표류하는 현상은 마치 경계의 존재라 하여 주변부로 밀려난 청소년의 현재 모습을 떠올려주는 것이겠습니다. 우리는 '지금 여기'의 청소년을 뚜렷이 의식하되 현대 세계문학의 다양한 흐름을 적극적으로 받아 안으면서 새로운 도전에 나서고자 합니다. 장르와 영역을 넓히는 국내 창작물과 외국작품의 소개는 물론이고, 참신한 시각으로 재구성한 숨은 작품들과 창의적인 기획물의 모색 등이 여기에 포함될 것입니다. 새 길을 여는 '창비청소년문학'에 많은 관심을 부탁드립니다.

2007년 5월

창비청소년문학 기획편집위원회

창비청소년문학 12

# 스프링벅

초판 1쇄 발행 • 2008년 10월 10일
초판 40쇄 발행 • 2024년 11월 29일

지은이 • 배유안
펴낸이 • 염종선
책임편집 • 이하나
펴낸곳 • (주)창비
등록 • 1986년 8월 5일 제85호
주소 • 10881 경기도 파주시 회동길 184
전화 • 031-955-3333
팩시밀리 • 영업 031-955-3399  편집 031-955-3400
홈페이지 • www.changbi.com
전자우편 • ya@changbi.com